长篇小说

看夕阳

吴新财　著

黄河出版传媒集团
宁夏人民出版社

图书在版编目（CIP）数据

看夕阳 / 吴新财著. --银川：宁夏人民出版社，2024.1
ISBN 978-7-227-07892-0

Ⅰ.①看… Ⅱ.①吴… Ⅲ.①长篇小说-中国-当代 Ⅳ.①I247.5

中国国家版本馆CIP数据核字（2024）第019204号

看夕阳
KANXIYANG

吴新财 著

责任编辑 贺飞雁 师传岩
责任校对 刘建昌
封面设计 吴新财
责任印制 侯 俊

黄河出版传媒集团
宁夏人民出版社 出版发行

出 版 人 薛文斌
地 址 宁夏银川市北京东路 139 号出版大厦（750001）
网 址 http://www.yrpubm.com
网上书店 http://www.hh-book.com
电子信箱 nxrmcbs@126.com
邮购电话 0951-5052104 5052106
经 销 全国新华书店
印刷装订 青岛国彩印刷股份有限公司
印刷委托书号 （宁）0028285

开本 890mm×1240mm 1/32
印张 6.75
字数 150 千字
版次 2024 年1月第 1 版
印次 2024 年1月第 1 次印刷
书号 ISBN 978-7-227-07892-0
定价 58.00 元

吴新财　著名小说家、散文家、诗人、评论家、图书策划出版人。

序一

创新和突破

铁流

跟新财熟悉的人，或许在他身上能感受到坦荡、真诚、纯粹、热情，这种处事方式如今是不多见的。

从人生阅历来说，新财不应该有这种处事风格，有能力规避这种风格。毕竟他经历过许多事，阅读过很多书，对人生、对社会、对人与人之间的关系都有所了解、思考和洞察。他完全可以改变这种坦荡、真诚、纯粹、热情的处事方式。

人与人想法不同，观念区别大，他这种处事方式容易伤害到自己。

但新财没有改变，好像也没有改变的想法。他似乎认为人与人交往，就应该是坦荡、真诚、纯粹、热情的。

新财是位成绩显著的作家，但跟其他作家交往得不是太多。他忙，应该是一个原因；他不愿意主动交往，应该也是一个原因。

他不求朋友多，而求真诚。

著名作家、鲁迅文学奖获奖作家张雅文多年以前就称新财为“小老弟”。他们年龄差距很大，交往却如此随心，可见新财的处事风格有着独特之处。

他看重真诚，讨厌虚伪和狡猾。

这种处事方式被许多朋友喜欢，也得罪了一些人。

也许正是这种对生活和人生的思考，他才能泉涌般地创作出那么多作品。他在小说、散文、诗歌、文学评论等多种体裁领域，都是以一本本书的创作姿态呈现。

这种多体裁创作涉猎范围在全国作家中都不多见。

新财在创作完成长篇小说《情在何处》时，曾把27万字的初稿寄给了人民文学出版社著名编辑脚印，脚印写了非常详细的审稿意见。脚印说："怎么写得这么激烈、激情……"新财看过脚印编辑的建议后，立刻进行了修改，最终出版时，《情在何处》达50多万字。他感谢脚印编辑的建议。

他以往的小说故事情结激烈、奔放，具有豪迈之气。这种创作表达方式，或许跟他观察生活的视角和性格有关。

然而，当我阅读小说《看夕阳》时，感觉他的创作风格发生了大变化。这部小说跟他此前的小说风格不同，创作视角让人感觉耳目一新。

在这部小说中，新财运用了一些散文的写作手法。

新财发表过上百篇散文作品，获得过冰心散文奖，散文创作技巧熟练，运用时能信手拈来。

在小说中运用散文的写作手法有利有弊。利，是能增加段落美感和语句柔性；弊，是在阅读后虽能产生回味意境，但会减弱阅读作品时的激情。

小说《看夕阳》写得非常柔情，柔情得似乎不像男性作家的作品。作品中用大篇幅描写了北大荒的风貌景观，倾吐着心中的情感，这或许是新财对生活的热爱、反思及回顾……

小说《看夕阳》如同缓缓展开的幽静的生活画卷，情感及思想渐渐呈现。细读作品，有着对人生过往的回味。

我认为当男性作家创作的作品达到了柔情似水的境界时，一定是有艺术内涵和哲理的。

也许新财是想通过小说《看夕阳》，在小说创作方面做一次尝试、创新和突破。

希望小说《看夕阳》能像美酒那样慢慢发酵，历久弥香……

（铁流，中国作家协会会员、享受国务院政府特殊津贴专家、山东省齐鲁文化名家。现任山东省作家协会副主席、中国报告文学学会副会长、青岛市文联副主席、青岛市作家协会主席、青岛市文学院院长。曾获鲁迅文学奖、中宣部“五个一工程”奖等多种奖项。）

序二

柔性之美

许晨

阅读新财的小说《看夕阳》时，再次把我引入阅读小说作品的记忆里。

我读过许多小说作品，在主持《山东文学》杂志工作时，编辑刊发过全国各地许多作家的优秀小说作品。

小说作品故事情节多数是节奏进展比较快。

虽然新财以往的小说作品故事节奏比较快，但是小说《看夕阳》的节奏比较缓慢。小说《看夕阳》跟新财以前的小说作品在创作技巧方面大相径庭。

我认识新财多年，交往较多。他性情坦荡、直率。从性格方面来说，如果他不是具有多年情感积累，应该不愿意创作这种类型小说。也可能他是在小说创作领域进行探索、尝试和创新。

小说《看夕阳》以回故乡路途场景展开。开篇对环境、地理风貌的详细描述，渲染出一种思考和情怀。这种场景的描述给作品定下了坚实的生活基调。

优秀的文学作品跟生活密切相关。从而为作家想表达的思想作了铺垫。

古往今来，写故乡的文学作品有很多，但表达的情感和思想各有不同。

因为作家与作家的故乡不同，生活环境不同，成长经历不同，所以作家表达的思想也不同，创作的文学作品风格也不同。

但是，作家们有着相同的目标，就是通过文学作品向读者表达情感、思想及对真善美的看法。

阅读新财的小说《看夕阳》时，能感受到安静、思考及追寻，不像他以往的小说作品那么激情、狂热。在阅读时，安静、追忆及思考如同轻柔的乐曲，从语句里漫延溢出。

阅读小说《看夕阳》时，能从作品中感受到作家对生活的热爱，对前辈人的追忆，对往事的反思……

新财的小说《看夕阳》是在文学创作上进行的一次自我突破、创新，更是一种灵魂的叩问及思想升华。

因为作品中有对新时期北大荒风貌的详细描写，更能引发阅读者的兴趣。

北大荒是一片神奇的土地，也是诞生文学佳作的地方。著名作家梁晓声的《今夜有暴风雪》、丁玲的《风雪人间》等都是写北大荒生活的佳作名篇。

当然，在同一处地方，不同时期的作家对不同时期的生活环境描写也是不同的。

小说《看夕阳》柔性般的讲述，再次呈现了北大荒那片神奇土地的风貌和那里人们的生活画面。

祝贺新财在文学创作上取得丰硕成果！

（许晨，中国作家协会会员，国家一级作家。曾任山东省作家协会副主席，《山东文学》杂志社社长、主编。曾获鲁迅文学奖、冰心散文奖、山东省文艺精品工程奖。）

自序

传承一种情怀

多年以来，我一直存有写一部呈现感恩情怀小说的意念。我想把人与人之间相互帮助的真善美写成小说，通过下一代，或者是下一代的下一代阅读作品，把美好的品德传承下去。人性的善良及帮扶，应该代代传承。但是这部小说的创作，我却迟迟没有开工。

我把开始创作每部新作品之时，称为“开工”。

我个人认为，作家创作文学作品跟建筑工人修建大厦，跟工程师设计图纸和裁缝做服装是相似的劳动过程，而不同的是从事的工种。

按照我以往的写作常规，有了创作思路，就能很快投入创作，也能在规划的时间里完成作品。然而，我在那段日子始终没找到这部作品的适当创作切入口。

直到2023年春季某天的黄昏，我走在被夕阳笼罩的街上，脑子里忽然跃出了“看夕阳”这部小说的名字。这个名字出现后，我创作的思潮开始涌动，搅动了身体中的血液，创作计划立刻被提到了日程上。

也许，我创作小说《看夕阳》的想法跟年龄有关，跟经历有关，跟回首往事的心情有关。

我感觉自己不算年轻了，在人生路上有着日落西山般的心情。

尽管有许多朋友说我不显老，还年轻，但是，那只是岁月没有把我的容颜摧残得那么沧桑罢了。

跟我同龄的人，有的确实显得苍老，或是过度苍老，好像把经历过的苦难、挫折、不如意，都刻画在了容貌上。我的面容及身材，看上去确实比一些同龄人年轻五岁、十岁……但是，这不等于我比同龄人出生的时间晚。

每个人不仅不能选择出生的环境及家庭，也无法改变出生的时间。

假如可以选择出生的环境，谁不想选择好的环境呢？假如可以选择出生的家庭，谁又愿意选择在贫穷的家庭出身呢？

出生的时间，就不用选择了。反正不管在什么时间出生，面对的都是在大自然中生存一次的经历，必须开始人生路上的征程。

出生在富裕的家庭，或许有利于个人发展。出生在相对好的环境中，或许能少经历些磨难与风雨。

我接触到的亲友中，他们的起点几乎都比我的起点高。好像他们都没有我经受过的苦难多。我经历过的苦难他们是没有遇到过的。那么，我的容颜和身材为什么没有被苦难、挫折催老呢？他们的容颜及身材为什么比我显得苍老呢？

我想，这应该跟心态有关。

俗话说："性格决定命运。"

我说："心态或许能决定青春的时间长短，乃至生命路程的长度。"

我个人认为，如果人遇到了不如意的事情和挫折，就整日心事重重，愁眉苦脸，就容易衰老，就可能影响身体健康，就可能缩短生命的长度。

这就好比鲜花在阴天里。无法展示美丽的容颜，会在风雨中快速凋谢。

人的胸怀如果宽广，就可以容纳许多困难、挫折、不如意的事情，就能在困苦的环境中呈现美好的精神。

精神就是心态的反应。

虽然心态不能决定命运，但是心态能延缓容颜和身体衰老的速度，能让人在某种程度上显得持续年轻。

什么原因决定心态呢？

人品有时候决定着心态。

一个奸诈、诡计多端、经常想算计他人的人，不可能有好的心态；一个知道感恩、努力进取、不畏困难的人，心态就会好些。

我反思自己走过的人生路，认为自己属于心态比较好的人。每次我遇到困难时，从没有产生逃避、消极的想法。当然，苦闷的心情会有。但是我迎难而上，积极应对困难，克服阻力，用进取精神战胜困难，想办法走出人生低谷。

幸福的阳光在我经历过风雨及艰难跋涉后，出现在了我人生的天空中。

我一次又一次战胜了困难，走出了人生逆境，也越来越自信。

艰难、挫折、不如意……都被化成了我前进的动力。

我想，也许是因为这种心态，多年以来，才会有创作小说《看夕阳》的想法与执念。

这部小说采取了散文与小说交错描写方式的结构，也就是小说中有故事性，也有散文的形散而神不散的描写部分。这种结构的小说跟故事性小说有点儿区别，区别在于阅读这种小说时，减弱了阅读的激情，节奏性慢了点儿，不像完全是故事性小说那么容易被接受。但是，这种小说在阅读后，能产生回味的心绪。

这种阅读后的回味，正是我想要体现的，也是想表达的心情。

人生不全是故事，阳光不全是灿烂的。在劳累之余歇息时，对人生的追忆，如同每天黄昏时即将告别的夕阳，也是一种美景，也能引起回味。

小说《看夕阳》是以人生经历为主线的，是赞美，是思想的辐射……传承着感恩的情怀和优良品德。

这部《看夕阳》小说，跟我在1992年第6期《北大荒文学》杂志发表的小说《殷红的夕阳》在思想上似乎有着呼应。《殷红的夕阳》也是写人生的，可那是写一种追求幸福的精神。

我以后可能把写人生状态作品当成文学创作的主体。当然，我从前也是以写人生精神为主的，只不过没有那么明显，思想上也没有那么明确而已。

希望小说《看夕阳》像美酒那样，储存的时间越久，味道越香。但是，在等待与储藏的日子里，不只是期待，还得经受住煎熬……

我期待小说《看夕阳》在文学的世界里，迎来香气扑面的日子。

吴新财

2023年6月22日于青岛

目录

MULU

人生一世，如同朝霞升起、夕阳下落，起点与终点之间的过程。这是人生旅程中的各类风景。

这些风景代表着积极进取、寻求发展及感恩的精神。这是前辈给后辈留下的记忆。

谨以此书献给我的晚辈。

——题记

第一章

夕阳锲而不舍地追随着大客车在公路上狂奔。余晖穿透车窗，把热情毫不掩饰地洒在了刘明远身上。客车快速行驶时带起的风，在顽皮地抚弄着他的眼睛、头发及心绪。头发向风做出了投降的姿势，随风摆动；心绪隐藏在深处，跟风玩弄着朦胧；眼皮不愿意遮挡目光，拒绝了风的盟约，在坚守职责。他时不时眯着眼睛，目光穿过夕阳的身体，看着客车驶过的旷野、农田、村庄……他的目光在景观中游走。他的目光有些迷离，或者带有沉醉般的神情，如同此时的心情和记忆。

他在夕阳里寻找着往事和情怀的痕迹。

路边白杨树的叶子在绿色中隐藏着浅黄。不远处农田里的庄稼呈现着淡黄的肤色。那一片片野草的身体显露着枯萎的萌动……这些植物和那片庄稼，早已过了风华正茂的年龄，似乎呈现着衰老的迹象。

大客车在快速行驶。

客车驶过的旷野风貌跟从前似乎相同，没有被岁月改变的迹象。这条公路是他离开时走过的，也是他在几十年前经常走的，只是由沙土路面变成了水泥路面。水泥路面比沙土路面平坦、整洁。但是路的方向没有改变。

那时滨镇没有通往松市的长途客车。从滨镇去松市需要在中途转车。生活在滨镇的人们出行不便利，也耽误时间。

他好像是在沿着这条公路寻找回忆。

客车行驶产生的颠簸晃动着他的视线。他的心绪跟随着客车前行，在夕阳里，在这条久违的公路上，寻找着几十年前的生活往事。

他离开北大荒三十多年了。三十多年啊，这是弹指一挥间吗？如果不是，他好像还没有什么感觉呢，就在生命的里程中匆匆走了过去。如果是，他在这三十多年里，有的时候是度日如年，是那么煎熬和无助。不管他感觉这三十多年是过得快，还是过得慢，这段人生岁月对他而言，已经是过往烟云，在生命的行程中完全消失了。他只能在记忆中寻找着某种对生活的感觉、反思、回味……不可能把过去的生活追回来。

三十多年啊，他一次也没回来过。

他除了盼望还是盼望，盼望有朝一日能踏上回到这片土地的行程，能看一看从前交往的人，能在此地回忆经历过的事。

从前交往的人，也许有的已经跟随岁月远行到了人生尽头，连模糊的影子也没有留下，让他无处忆起。而在这片土地上，每日又诞生许多新的生命。生命如同农田里的庄稼，一年年，一茬茬，不停地更迭。

虽然他三十多年没回这里了，但是对这片生活过的土地还不算是太陌生。他看见了农田，仿佛回到了以前的生活；他看见了荒草地，从内心深处就产生了对这片土地的亲切感；他看见了村庄，就如同回到了童年。

岁月能改变他的容颜和记忆，却改变不了他对这片土地的感情，更改变不了他对姑母的牵挂和思念。

姑母、姑母、姑母……

这个名字一直存在他的心里，三十多年过去了，一直没有忘记。而近年，准确地说是在他步入中年，生活和事业稳定之后，每当空闲之日、静思之时，在他心中就会时常出现姑母的容貌。姑母在他心中占据了重要位置，出现的频率很高。

或许，这是他对往事的回忆；或许，这是感恩情潮的涌动；或许，这是他步入中年时对人生的感怀。

人到中年，是生活和事业收获的季节。记忆把生活路上经历过的愉快或不愉快的事情储存在脑子里。成熟的思想，有时如同筛子似的一遍遍过滤着往事。

中年，是人生中感怀和回望次数最多的年龄段。

他在几年前就打算回滨镇看望姑母了，也想回到童年时充满忧伤的远山村看一看。远山村和姑母在他心中是完全不同的感受，如同冬天与春天的风景。

寒冷与温暖，悲伤与喜悦，如同兄妹，如同男人和女人的性别，都以不同方式存在人类的繁衍中。在他的过往生活里，有悲伤，有喜悦，有温暖，也有寒冷。

姑母在他心中比母亲还亲近，还温暖，还深刻，还伟大。

不远处的荒草地上出现了几个土丘，他的目光从土丘上扫过时，心情发生了阵阵波动，隐隐地有了痛感。在他的记忆里，这种土丘有的是坟墓。他离开滨镇时，虽然这里去世的人开始火葬了，但是还没有强制实施，火葬和土葬两种方式，自愿选择。选择火葬，得把尸体用机动车拉到几百里路之外的煤城火葬场进行火化。从滨镇去煤城火化尸体往返需要一整天时间，比土葬占用时间长，也比较麻烦。即使选择了火葬，最终也是把骨灰埋入荒野处，也是这种土丘的坟墓。

那时，滨镇去世的人很少，没有安葬逝者的固定陵园。

他猜测姑母的墓地是不是如同土丘这样。

这次他回滨镇和远山村主要是想让儿子了解他以前生活过的地方，让儿子亲眼看一看他生活过的地方是什么样的。他想让儿子感受北大荒与大城市的区别。

这是他的一种思念情怀，他想把这种情怀传给儿子。

他推测，或许这种方式能对儿子今后的成长及人生旅程有益。

他们乘坐的是从松市出发途经合江市、煤城，开往滨镇的长途客车。

早晨客车从松市开出，经过七八个小时快速行驶，在夕阳下落，晚霞浮现时，开进了滨镇的管辖地界。客车在驶入城区后，放缓了行驶速度。

因为车上空间小，身体受到束缚，坐车时间又长，乘客感觉疲倦、困乏。

客车驶过滨河桥时，就看见滨镇的房屋建筑了。有的乘客取下了放在行李架上的东西，做下车准备。

刘感恩刚上车时，坐在靠窗户的座位，用童真的目光，新奇地看着沿途路边的树木、旷野、农田、村庄……一开始，他对这些风景、建筑很有些兴趣，但是在几个小时过后就疲倦了，失去了兴致。他累了，困意涌现，想睡觉。从车窗吹进的风骚扰着他。他就跟父亲换了座位，离开了靠车窗的座位。

刘明远为了不让车窗外的风干扰儿子休息，把车窗的玻璃拉上，只留了半张脸宽的缝隙。

刘感恩侧靠在父亲的怀里，睡着了。他是半夜跟父亲从上海乘飞机到松市的，接着从松市乘坐长途客车。他第一次起这么早——不是早，而是一夜没睡觉。他醒来时，客车已经到了滨镇。多数乘客在沿途下了车，在终点站下车的乘客不多。车厢里很空。他缓了一会儿神，跑到前面一个空位，从车窗口向车外看去。

刘明远站起身，把放在行李架上的背包取下来。

客车在余晖中缓慢停在了镇中心右侧的路边。待车门打开，乘客拿着随身物品，陆续下了车。

路边有几辆出租车在寻找生意。

虽然每天都是这么少的下车乘客，但是也是出租车寻找客源的机会。滨镇人口不多，从事出租车行业的人也不多，当然，客源也非常有限。

出租车司机迎着下车的乘客走过来，几乎是挨个儿问有没有乘坐出租车的，只有两三个人用了出租车。

客车在乘客下车后，朝前方开去，在几十米远的地方转了弯，消失在余晖里。乘客下车时的片刻喧闹在人群散开后消失了。

刘远明领着刘感恩站在路边看着四周建筑和行人。建筑稀少，行人不多，显得空旷。先后有两名出租车司机走到刘明远面前问他用不用出租车。刘明远客气地说："我们到地方了。"出租车司机悻悻地走了。刘明远已经想好了去的地方，只是想多停留一会儿，再寻找某种感觉，想让心情得以适应，也有意加深对小城环境的了解。

刘感恩有点着急儿地说："爸，咱们去哪儿？"

"去宾馆。"

刘感恩抬起头，看着父亲，疑惑地说："去宾馆？"

"咱们住宾馆。"

刘感恩不解地说："你不是说这里有很多亲戚吗？"

"是有很多亲戚。"刘明远的语气如同下沉的夕阳，平稳得没有丝毫字与字间隔的痕迹。他多年没回滨镇，对这里陌生了。虽然这里有很多亲戚，但平时联系得少，甚至没什么联系。那些年轻的晚辈，有的他连名字都不知道，即使迎面擦肩而过也不认识。没联系归没联系，不认识归不认识，但是不能否认属于亲戚关系。

亲戚跟联系不是一回事，好像也没有关联性。

虽然在滨镇生活的亲戚有好多家，但是在他心里的位置不是太重要。他在亲戚心中或许也没什么位置。他的这种感觉，可能是跟分开的年数多了有关。

刘感恩不了解父亲的心思，又问："他们家不让咱们住吗？"

"应该让。"

"那咱们为什么还去住宾馆呢？"

"自己能做的事，尽量不要麻烦别人。"

刘感恩明白这句话的意思。他知道父亲经常说起，这句话好像成为了刻在父亲心里的座右铭，随时提醒做事时要遵守这种规则。他问："咱们去哪家宾馆？"

刘明远在客车上时就观察着街边的建筑，看见了滨镇宾馆。他根据生活经验和记忆判断，滨镇应该只有这一家大宾馆。镇里居住的人口少，交通闭塞，流动人员少，服务行业收益十分有限，经营大宾馆几乎没有利润。唯一的一家大宾馆应该是由政府部门主管经营的。政府组织大型活动，上级领导来检查工作，怎么也得有接待的地方。这家宾馆是在从前政府招待所原址上建的。他没离开滨镇时，镇政府综合办公室主管政府招待所。政府招待所除了承担接待各地政府部门来的公务人员，也对外开放，接待客人。政府招待所收费比私营小旅馆略高些，服务也比私营小旅馆好。当时在全镇几乎没人不知道政府招待所的。

夕阳接近消失之时，晚霞由红变淡，小镇披上了多彩的外衣。

正阳路是滨镇城区里的东西主路。滨镇只有东西与南北两条主路是贯穿全城区的。两条主路交叉处是镇中心位置。

正阳路把滨镇分成南北两大片区。路南主要是几家不大的工厂，路北是住宅区及镇政府的办公区。

刘明远离开滨镇时，两条主路的水泥路面修好还不到半年。修水泥路面这项工作，镇政府计划了多年，如同作了开天辟地的大事那么具有轰动效应。没有修水泥路面之前，每到下雨天，沙土路面泥泞得连自行车也不能骑。步行走过去，在身后会留下歪歪扭扭的脚印。雨停后，路面干了，坑坑洼洼的脚印如同被雕刻在路面上，严重影响了路面美观和行人出行，修路工人得开着机动刮路机把路面刮平坦。平坦的沙土路在一场雨过后又变得高低不平了，修路工人还得开着机动刮路机修路。这么反复地修路是在重复浪费人力、物力资源。水泥路面修成后，解决了下雨天人们出行难的问题。数十年过去了，水泥路面破损严重，留下了许多修补痕迹。

此时，路上几乎没有行人。

刘明远领着刘感恩向着夕阳渐退的方向走去。他有点儿近视，没戴眼镜，光线好时看的距离能远些，光线不好时看不远。夕阳已经藏进了西山深处，晚霞留下最后的倩影。他看见的景物几乎是模糊的。

刘感恩兴奋地说："爸，前面就是宾馆了。"

滨镇宾馆在东西主路的北侧。大门上的液晶显示屏幕滚动着"滨镇宾馆欢迎您"红色字幕。大厅里只有一名二十岁左右的男服务员。男服务员一米七五左右的个子，身材偏瘦，脸上透着青春稚嫩的气息。他迎上前，接过刘明远手里的旅行箱，回到服务台前。他问刘明远住什么价位的房间。

刘明远看着房间的价格表，没有马上回答。客房分三个价位：一层楼的房间价钱最低，二层楼的房间价钱最高，三层楼的房间价钱在中间。

刘明远问男服务员房间的价格是根据什么标准定的。男服务员解释说，因为宾馆没有安装电梯，三楼高，上下不方便，价钱就比二楼便宜；二楼比一楼采光好，所以价格比一楼高。刘明远认为这种定价有一定道理。他不想住一楼，也不想住二楼，让男服务员在三楼选窗户朝南的房间。

男服务员说："306 房间和 308 房间，住哪间？"

"两个房间有什么区别？"

"308 房间是套间，比 306 房间大。306 房间是标准间。"

“窗户朝大街吗？”

“这两个房间的窗户都朝南。站在窗前，能看见大街上的车辆和行人。”

“住 306 房间。”刘明远对房间没有过多要求，只要干净、采光好就行。他喜欢住阳光能照进屋里的房间。

男服务员说：“上级领导来滨镇检查工作时，主要是住 306 和 308 两个房间。”

“没电梯，领导愿意上下楼吗？”

男服务员说：“领导吃完饭后，走动走动对身体有好处。”

“我假装当回领导。”刘明远调侃地说。

男服务员拿起服务台后面挂着的房间钥匙，转身拎起刘明远的旅行箱，走在前面引路。他边走边说：“现在是农闲阶段，上级领导不怎么来，房间空着。再过一个月，到了秋收时，上级领导来的次数就多了。在春种和秋收农忙时，这两个房间基本是被政府各部门包下了。”

“我还挺幸运的，住到了这么好的房间。”

男服务员说：“赶巧了呗！”

“你是滨镇人吗？”

“我爷爷年轻时，从河南来到滨镇定居。”

“那是第一代北大荒人。”

“都这么说。”

“你父亲叫什么名字？”

“罗德亮。”

刘明远想了想，没有想起这个人。

男服务员心想刘明远问了他父亲的名字，还知道他爷爷是第一代北大荒人，感觉刘明远对北大荒、对滨镇有些了解，思量地问："你们经常来滨镇吗？"

"不经常来。"

"你对这里好像熟悉？"

"以前熟悉，现在陌生了。"

男服务员没明白刘明远话中的意思，笑着问："什么意思？"

"少小离家老大回。"

"老家是滨镇的？"

"离开三十多年了。"

"时间可真挺长的。"

"我离开滨镇时，你还没出生吧？"

"好像那时我爸还没结婚呢。"

刘明远问："你妈家也是滨镇的？"

"我姥姥家是齐齐哈尔的。我妈和我爸结婚后，我姥姥家才搬过来。"

刘明远说："你姥姥家那地方没滨镇好吧？"

"你怎么知道的？"

"好就不往这儿搬了。"

"我姥姥家那地方是农村，跟这里比差远了。"

刘明远问："你去过那地方吗？"

"去过一次，就再也不想去了。"

刘明远看了一眼男服务员说:“为什么不想去了?”

“农村,生活条件不好,也没什么好玩的。”

刘明远说:“看来每个人都想在环境好的地方生活。”

“你们是从哪儿来?”

“上海。”

“上海可是个好地方。”

“去过吗?”

“没有。”

“二十几了?”

“2003 年出生的。”

刘明远说:“刚二十岁,没读大学就工作了。”

“不愿意读。读了大学,如果找不到好工作,也是种地,大学就白读了。”

刘明远说:“你的父母也这么想吗?”

“他们不管。”

刘明远了解滨镇人的想法。这里是边疆地区,人口少,生活比较富足,生活压力小,人们对生活及未来没有过高追求。家长对孩子读书没有过高要求,不强迫孩子拼命学习。年轻人能不能读大学主要是靠自觉学习。

男服务员说:“回来怎么住宾馆呢?”

“住宾馆不好吗?”

男服务员说:“从外地回滨镇的,很少有住宾馆的,多数是住在亲戚家或朋友家。”

“人和人的想法不同。你认为住宾馆好，还是住在亲友家好？”

男服务员说：“虽然住宾馆花钱，但是方便。住在亲友家不方便。”

刘明远不去亲戚家住不只是为了方便，而是不想麻烦人家，并且多年前，他回来办理工作调动手续时，亲戚留给他的印象不怎么好。当时有几位朋友请他在饭店吃了饭，而亲戚中没有主动请他吃饭的。他在一位亲戚家住了一夜，好像欠下了那位亲戚很大的人情似的。他的那次经历影响了对亲戚的感觉。如果不是为了看望姑母和让儿子感受北大荒的生活环境，他可能就不回滨镇和远山村了。

滨镇让他记忆最深的人只有姑母，别无他人。

走到了306房间门口，男服务员打开房间门。刘明远走到窗前，看着窗外。晚霞已经退去，夜幕在慢慢合拢。男服务员说：“服务台内线是213。有事就给服务台打电话。我下楼了。”

“电话号是213吗？”

“咱这以前是北大荒生产建设兵团二师十三团，领导为了纪念从前的生活，就把服务台电话定为213了。”

“这个号码有意义。”

“听说以前各基层单位还有枪呢。但是我没看见过各基层单位有枪。”

“有。”

“应该是很多年前的事了。”

“你爸应该看见过。”

“我下楼了，有需要帮助的事，就给服务台打电话。”

“小伙子，辛苦你了。”

“应该做的。”

刘感恩在男服务员走出房间后，放纵地猛然往床上一躺，身体在床上颠动了一下。他天真地感叹说：“这地方的人可真少。”

“这里是边疆。”

“边疆是什么意思？”

“边疆就是处于国家边缘地带，靠近国界的地方。”

“国界是什么意思？”

“两个国家交界地区。”

“这地方靠近哪个国家？”

“俄罗斯。”

“这里的人这么少，俄罗斯是不是比这里的人还少？”

“应该是。”

“你去过俄罗斯吗？”

“没有。”

“离俄罗斯这么近，你在这里生活时，怎么不去呢？”

“去俄罗斯是出国，不能随便出国。那时，也不叫俄罗斯。”

“叫什么？”

“苏联。”

“咱们这次去俄罗斯吗？”

“不去。”

“既然离俄罗斯这么近了，咱们就去俄罗斯看看呗！”

“去俄罗斯需要办理出国手续。”

“那就办呗！”

“时间来不及。”

“办理出国手续很麻烦吗？”

“应该不算太麻烦，但是这次没时间办理。你如果想出国，就好好学习，等你考上了大学，就让你出国旅游。”

“考上大学呀！那不是还得等很多年吗？”

“很快。我刚到滨镇生活时，就像你这么大，现在都老了。”

“你不是在这里出生的？”

“不是。”

“你出生在什么地方？”

“远山村……也不是出生在远山村。”

“那你是在哪出生的？”

“我也不清楚。”

“你在哪出生的也不知道？”

“不知道。”

“你只是在远村生活过？”

“生活过几年。”

“远山村在什么地方？”

“这次我领你去。”

“离这远吗？”

“得坐好几个小时车。”

“那么远呀！”

“不算远。”

“坐车太累了。”

“我像你这么大时，想坐车还没机会呢。”

“关键是坐的时间太长了。”

“小孩子不应该怕坐车。”

“我也会有儿子吗？我也会老吗？”

刘明远没想到儿子能这么想、这么问。这个问题看似简单，但是他不想回答，转移了话题说：“感觉这里怎么样？”

“太静了……静得有点儿害怕。”

“怕什么？”

“说不上来。”

“习惯就好了。”

“我饿了，去吃饭吧？”

客车中途行驶到合江市地界时停了半个小时。合江市处在松市与滨镇中间位置。客车在合江市设有定点饭店，每次行驶到这里都停留半个小时。乘客坐了几个小时的车疲倦了，饿了，在这里能下车短暂活动、休息、用餐，缓解长时间坐车产生的枯燥情绪。

刘明远和刘感恩为了减少在车上去厕所的次数，几乎没吃东西，水也没怎么喝。到了宾馆后，他们感觉又饿又渴。刘感恩从旅行箱里拿出一瓶矿泉水喝。

刘明远提醒说：“别喝多了，喝多了肚子疼。”

“真渴了。”刘感恩把矿泉水放在桌子上。

刘明远锁上房间门，领着刘感恩下了楼。

宾馆一楼大厅的服务台后面坐着一位年轻女服务员。宾馆是一男一女两名服务员上夜班。男服务员去卫生间了。女服务员在刘明远走过来时，放下手里的手机，看着刘明远。

刘明远问宾馆餐厅几点开晚饭。

女服务员介绍了宾馆餐厅的营业情况。

宾馆住宿客人少，又是农闲季节，餐厅不对外营业。如果有客人想在餐厅用餐，得提前预订。如果在农忙季节，宾馆餐厅对乡下有配餐业务，对外正常营业。

刘明远问女服务员哪家饭店距离近，饭菜质量还比较好。女服务员介绍说滨镇没有大饭店，都是小饭馆。上大路往西，再往北，到了第二条路的路口往东，那家饭馆就可以。她说跟朋友、同事有时就去那家饭馆吃饭。刘明远知道滨镇东西主路边上饭馆少，南北主路饭馆能多些。滨镇的饭馆几乎都是开在住宅区里的路边。饭馆主要服务的顾客是当地人，外来人员几乎没有，开在生活区方便客人用餐。

北大荒的白天与夜晚温差大。夜晚的气温比白天低很多，又是夏末，天气渐凉了。刘明远和刘感恩走出宾馆，感觉有点儿冷，立马拉上衣服拉链，系上扣子。

他们上了东西主路，往西走了 100 多米，转向往北走。到了第二条路口，转往东走，没有路灯了。

这是沙土路，路面不怎么平坦，也比主路窄。路两边的房屋里有亮着灯的，有没亮灯的，明一处，暗一处。只有星星不辞辛苦地在坚守岗位，在遥远的夜空中发着光，衬托着黑夜。

刘明远在转弯处就看见了饭馆门前的灯光。

他对这条路还有记忆。虽然路两边的建筑跟从前不同了，但是路还是从前那么宽，那么高低不平。以前路两边是住户的菜园子或院子。现在建成了房屋，有开门店的，有当仓房的。

他拉开饭馆门，菜味、酒味、油烟味扑面而来。

滨镇人口少，消费水平不高，饭馆生意不是很好做。多数饭馆是由两三个人经营。要么男人是厨师，女的负责招待客人。要么是聘请厨师，夫妻两个人都招待客人；

一位中年妇女迎上前问："几位？"

"我们俩。"

中年妇女拉开旁边的房间门说："吃点儿什么？"

"还有房间吗？"刘明远朝里面看了一眼，感觉卫生不怎么好，想换个房间。

中年妇女说："其他房间有客人了。"

刘明远虽然对用餐环境不是太在意，但是刘感恩在意。他知道刘感恩如果嫌弃卫生不好，就不吃饭。

刘感恩感觉饭馆环境跟上海乡镇的相似。他对滨镇陌生，房间的光线比较暗，有点儿失去了安全感，产生了抵触情绪。他晃了一下刘明远的胳膊，小声说："爸，咱们去其他地方吧？"

"你不是饿了吗？在这儿吧。"刘明远对以前滨镇的饭馆了解，认为现在饭馆的卫生跟从前基本一样，没有大的改变和提升。宾馆女服务员刚才告诉他说，这是滨镇比较不错的饭馆。当然，应该有比这家饭馆好的，但是天黑了，不方便找。

刘感恩坚持地说：“到别处呗！”

“孩子，你们是从外地来吧？可别嫌弃咱们饭馆不好，其他饭馆还不如咱们饭馆好呢！”中年妇女看出了刘感恩的心思，做着解释。

刘明远问刘感恩：“你吃什么？”

刘感恩没说话，意思是什么也不想吃。

刘明远问中年妇女：“有什么饭？”

“米饭、包子、馒头都有。”

刘明远问：“有鲫鱼吗？”

“咱滨镇的饭馆里能没有鲫鱼吗？如果连鲫鱼都没有，就不叫饭馆了。”中年妇女认为刘明远问了不应该问的话。

“是江鱼？”

“当然了。”

刘明远说：“孩子饿了，多长时间能上菜？”

“很快。”

刘明远说：“两碗米饭、一份鲫鱼、一份白菜粉条，尽可能快点儿。”

“不要别的了？”

刘明远坐在椅子上说：“多了吃不了。”

中年妇女转身去厨房了。

刘感恩小声说：“这饭馆卫生不好，怎么不换个地方呢？”

“这不是在上海，上海饭店多。这地方饭馆少，基本上都这样。”刘明远说。

中年妇女端上米饭和白菜粉条，随口说：“鲫鱼马上就好。”

刘明远忽然想起了没要豆腐。他想吃这里的豆腐，便说："上一份豆腐，不放辣椒。"

"马上就上。"中年妇女转身走了。

刘感恩说："我不吃鱼，也不想吃豆腐。"

"这是松花江里的鲫鱼，跟上海的鲫鱼不一样。"

刘感恩说："你怎么能肯定是松花江里的鲫鱼呢？如果是河里的，你也不知道。"

"滨镇南边是松花江。江水是流动的，俗称'活水'。活水干净。江鱼没有土腥味，口味新鲜。如果不是江鱼，吃的时候能感觉出来。"

刘感恩吃了口粉条说："粉条挺好吃。"

"这是土豆粉条。南方多数是地瓜粉条。土豆粉条跟地瓜粉条不一样。"

中年妇女端来了鲫鱼和豆腐。

刘感恩吃了一口鱼，感觉口味新鲜，便问："你是吃这些东西长大的吗？"

"那时候豆腐经常吃，粉条和鲫鱼不常吃。"

刘感恩说："既然喜欢吃，怎么不吃呢？"

"当时生活条件不好，没钱买粉条和鲫鱼。"

刘感恩说："粉条可以自己做，鲫鱼可以去捕吗？"

"做粉条得有专用工具。自己家没做粉条的专用工具，吃粉条得去买。鲫鱼在水里，没有专用捕鱼工具，不能捕鱼，只能偶尔在小河沟里抓点儿小鱼。"

刘感恩说："爸，我感觉你很喜欢这里。"

“为什么？”

刘感恩说：“不知道，只是感觉你喜欢这里。可是……”

“可是什么？”

刘感恩说：“既然你喜欢这里，为什么还离开呢？还这么多年没回来？”

第二章

林容芳在灌水渠旁边的田埂上缓慢走着。一只喜鹊在她眼前飞过，落在了不远处的垂柳树上。那几棵垂柳在稻田边潇洒地站立着，柳叶微微晃动，显得悠然。因为没风，所以周围很静，喜鹊在垂柳枝上扇动翅膀的声音传进了林容芳的耳朵里。她朝喜鹊看去，喜鹊在树枝上跳来蹦去。她抬头看了一眼天空，掏出裤兜里的手机，看了看时间，然后把目光投向不远处的两个人。那两个人是她雇佣的长工，在稻田的另一边。她跟两名长工约定的用工期到明天就结束了。今天是最后一次给稻田灌水。她给长工结算完工钱，双方就自动解除了用工关系。往日天黑时才收工，今天她心里有点儿烦躁，活也提前干完了，想早点儿收工，就冲着两名长工大声喊：“收工了！”

夕阳落下，晚霞给稻田披上了金色外衣。没有被稻穗遮掩住的水面在享受着无风时的温柔霞光。夕阳把水面映得粉红，如同少女上了粉的脸，隐含着羞涩和矫情。晚霞中的稻田成为一幅美丽的风景画面。

稻田在夕阳下落时，是那么安详和宁静。

水稻处在生长期，把水分吸入体内，转化成生长元素。整片稻田都散发着青春气息，充满自然风光般的朝气。

声音在空旷稻田里传播距离远，清脆，留有余音。两名雇工听见林容芳喊的收工声音，看了看天空，认为还没有到收工时间，转过身，面向林容芳静静地看着，在确定是否听错了。

林容芳看不清楚两名雇工的表情。她看两名雇工站在那里，没往回走，便使足了力气，提高了嗓门，再次喊："收工了！"

两名雇工在林容芳第二次喊声还没完全落下时朝地头走去。不是声音没落下，而是余音在稻田里回响。

王金龙说："老板娘今天心情不错，提前收工了。"

"这个老板娘算是挺好了，平时事少，不找麻烦。如果遇到事多的老板娘，那才麻烦呢。"张海波说。

王金龙说："我的一个老乡的雇主就不行。那家雇主总找麻烦，这不满意，那不满意，这扣点儿钱，那扣点儿钱，到结账时，找各种理由少付工钱。"

"那种雇主挺多。咱们这几年，老板一分钱没少给。"张海波说。

王金龙说："咱们干活也确实卖力气。"

"有的雇主，你给他干，就算累坏了身体，他该找麻烦还是找麻烦。"张海波说。

王金龙和张海波边聊天边往稻田中间的房子方向走。

每个水稻种植户都在自己的稻田里建了这种房子。

这种房子是在各村庄集体搬迁到镇上集中居住后建的。

房子分卧室、厨房及存放工具的屋子。这种由三个房间组成的房子，是以以前村庄屋子结构为样板建造的。

北大荒各村庄在没有集中到镇里居住前，各村庄都建在农田附近，从事农业劳动方便。房屋一般是红砖瓦房，以三间屋为主，以三十七平方米和五十四平方米为主要户型。房屋前后有菜园子和院落。为了适应新时期乡村建设发展，进一步提高乡村百姓的生活质量，响应国家新城镇建设政策，各村庄集体搬迁到了镇上，集中住进了楼房。

虽然住楼房提高了人们的生活质量，但是离农田距离远了，为了方便对农田管理，水稻种植户在稻田里建了这种房子。

农活忙时林容芳和栾水长有时候住在这里。不忙时只有雇工住在这里。林容芳还没走进屋，就闻到了从屋里飘出的菜香味。

厨房对着房门，两边是工具屋和卧室。林容芳在门口就看见栾水长弯着腰在灶台前边烧火边炒菜的背影。

栾水长扭过头看了一眼林容芳说："这么早就收工了？"

"灌完水了，明天他们走，早点儿收工，让他们好好休息休息。"林容芳说。

林容芳明天给长工结算完成工钱，就跟长工解除了雇佣关系。今晚是长工在这里吃的最后一顿饭。每年她在跟长工解除雇佣关系时，最后一顿饭都是在滨镇的饭馆吃，吃饭时还约来关系好的亲友。

去年秋收前下了一场大雨，雨水延误了水稻收割进度，浪费比较严重，稻谷质量不太好，影响了收成，赔了钱。她为了弥补去年的经济损失，今年尽可能节约各种花销，所以这顿为长工送行的饭才自己做。

早晨她在滨镇买了鸡、排骨、蔬菜，中午栾水长在稻田边的水沟里捕了些鲫鱼，准备的食材很丰富。

栾水长右腿的膝关节在三年前就开始疼了。当时农活忙，他没当回事，以为忍一忍能挺过去。疼的感觉有时重，有时轻，重时就吃点儿消炎药，少干活。前不久他去松市大学附属医院作了检查。诊断结果是膝关节里有脓液，但治疗时间晚了，如果早治疗不会这么严重。医生给出的治疗方案是抽出膝关节里的脓液，吃消炎药，休养，慢慢恢复。

他从松市看病回来，在滨镇医院抽出了膝关节里的脓液，打了几天消炎针，还在吃药治疗。

他做饭的时间比往日提前了，按照他的预计，在收工时，饭就做好了。因为提前收工了，所以饭还没做好。他说："只剩下鱼没做了。"

"不着急。"林容芳说。

林容芳在屋外洗了手，走进厨房说："不知道明远哥到哪儿了？"

"打电话，问一下。"栾水长说。

林容芳说："不知道他是先去远山村，还是先到这儿。如果他先去远山村，打电话问不好。"

"他是两天前来的电话，正常情况应该快到了。"栾水长转身出了屋，朝皮卡车走去。早晨买的啤酒在车上，他去拿啤酒。

王金龙上前，接过栾水长手里的一捆啤酒说："你腿不好，得注意，别拿重东西。"

“晚上咱们好好喝。”栾水长说。

王金龙说：“你吃药，不能喝酒。”

“我从昨天就没吃药。”

王金龙说：“为了陪我们喝酒？”

“不陪你们喝点儿酒，我心里过意不去。”

王金龙说：“你和嫂子对我们干的活满意就行。”

“这话说外道了。如果不满意，咱们不可能在一起好几年。”栾水长说。

林容芳拿着一个记事本走到王金龙和张海波面前说：“你们对一下账，看账目对不对。”

“你做事这么仔细，不用对，错不了。”张海波说。

林容芳把账本递给张海波说：“对一下好。我也有出现马虎的时候。”

第三章

刘明远回到宾馆，拿着手机给生活在滨镇的亲友打电话，告诉他们自己回到滨镇了。他是根据感情远近选择打电话的先后顺序的。

在滨镇，除了林容芳，谁都不知道他回来的事。

他先拨通了几位亲戚的电话。这几位亲戚虽然在他离开滨镇后没有联系过，但是他在滨镇生活时，跟这几位亲戚交往相对比较多。

这几位亲戚听他说回到滨镇了，都流露出惊讶的语气，埋怨他没有提前告知。他清楚这只是亲戚们表面的热情。

有两位亲戚说一会就来宾馆。刘明远说："时间太晚了，如果你们有时间，明天见吧。"那两位亲戚连声说："不晚。如果你不睡觉，一会儿就到。"

刘明远把回到滨镇的事通知了应该通知的亲戚后，才给林容芳打电话。他认为跟林容芳通电话的时间能比跟其他人通电话的时间长。如果他先给林容芳打电话，说话时间长了，给其他人打电话就太晚了，有失礼貌。他跟林容芳感情比较近，晚点儿没有关系。

林容芳开车刚从稻田的小路转到大路上，手机响了。她看电话是刘明远打来的，正要接听，手机却没电了，自动关了机。

栾水长酒喝得过量了，有点儿醉意，在后座位晕晕乎乎地说："谁的电话？怎么不接呢？"

"明远哥打来的，我的手机没电了。"

"我的手机里没存他的号。"栾水长摸了一下裤兜里的手机说。他跟林容芳谈恋爱时刘明远已经离开滨镇多年了。他知道刘明远，但是没见过面，也没单独通过电话。

稻田跟滨镇之间有十多里的路程。

这条公路是水泥路面，路面平坦，在夜晚路上几乎没有车辆和行人。林容芳加快了车速，不一会儿就到家了。

她插上手机充电器，边给手机充电，边拨通了刘明远的手机号。刘明远的手机占线。林容芳拨了好几次都没有拨通，心想刘明远给谁打电话打了这么长时间。

刘明远在林容芳手机关机时，没有往没电方面想，而是以为林容芳睡觉了。他思量片刻，认为应该把回到滨镇的事告诉几位以前交往比较多的朋友、发小和同事。他看了一眼时间，犹豫了，这个时间在城市不算晚，城里人睡觉不会这么早。但是在北大荒的村镇，又是夏季农忙季节，干了一天农活的人们，此时应该睡觉了。他想了好一会儿，站在窗前，拨通了田少峰的手机号。

田少峰是刘明远小学时的同学，曾经居住在同一座村庄。那时村庄叫连队。田少峰不喜欢读书，学习成绩不好，没考上初中，小学毕业就工作了。所谓的“工作”，就是种田，干农活。不过，这里种田的人跟城市里的工人一样有工龄，缴纳养老保险，退休后每月领取退休金。

田少峰正坐在客厅的沙发上看电视。他接到刘明远打来的电话，拿起茶几上的遥控器，将电视机调成静音。他跟往常似的说：“你这大忙人，今天没事了？”

“我回滨镇看你了。”

“你骗谁呢？”

“我真回到滨镇了。”

“你离开滨镇几十年了，也没回来过，真应该回来看一看了。我热烈欢迎你回滨镇看一看家乡的变化。”

“变化是挺大的。”

“是在电脑和手机上看的吧？”

“以前是从电脑和手机上看的。此刻叫亲眼所见，身临其境。”

“忽悠我是不是？”

“你不相信我回到滨镇了？”

“不信。”

“为什么不信？”

“你一心忙事业，哪有时间回来？”

“那你认为我什么时间能回滨镇？”

“退休后……退休后也不一定。”

“为什么？”

“像你这么努力工作的人，单位会返聘你继续工作。”

“你为我考虑得可真够远的。”

“还用考虑吗，这不是明摆着的事。”

“摆在哪儿？”

“你能调到上海，又这么多年没回来，不就是把所有的精力都放在了工作上。”

“你就别胡乱猜测了。我真回到滨镇了。”

“现在？你在哪儿？”

“宾馆。”

“滨镇宾馆？”

“滨镇还有第二家宾馆吗？”

“我马上就到。”

“太晚了，明天吧。”

“我的心情有点儿激动，心潮澎湃，等不到明天。”田少峰干脆地说。

刘明远虽然知道田少峰性格直爽，做事雷厉风行，跟人交往坦诚，但是没有想到田少峰能马上来宾馆见他。他看了一眼窗外，路灯在夜色中释放着微弱光亮。正阳路上几乎没有行人和车辆经过。窗外的夜晚很静。他想田少峰没有睡觉，其他人也可能没睡觉，又拨通了陶小军的手机号。

陶小军是刘明远中学时的同学，上学时经常在一起玩。几年前，他通过林容芳知道了刘明远的手机号码，跟刘明远联系上了。他跟刘明远有时会通电话，聊一聊上学时的往事和彼此现在的生活情况。他有好几次在电话中让刘明远回滨镇看一看。他知道刘明远回到滨镇了，兴奋地说："明天请你喝酒。"

"不用。"刘明远客气地说。

"酒是必须得喝。"

刘明远还没有结束跟陶小军的通话，就传来了敲门声。他拿着手机，边跟陶小军说话边往门口走。

门口站着一位中等个子、身材略胖的中年男人。男人穿着一套迷彩服，好像头发刚洗过，还没完全干。因为刘明远刚跟田少峰通过电话，根据记忆中的印象，认出来这人是田少峰了。

田少峰边往屋里走边说："你没怎么变。"

"变了。二十多年过去了，能不变吗？"刘明远说。

陶小军在电话里问："你在跟谁说话呢？"

"田少峰。"

陶小军兴奋地说："他去了？"

"你们认识？"

陶小军说："何止认识……你让他等我，我一会儿就到。"

"时间有点儿晚了，明天吧？"刘明远说。

陶小军说："他去了，我还能等到明天吗？"

刘明远把手机放在床上，跟田少峰面对面坐着。他对刘感恩说："叫叔叔。"

"叔叔好！"刘感恩坐在床边腼腆地说。

田少峰说："这是……"

"我儿子。"刘明远说。

田少峰问："老几？"

"就一个。"

田少峰不解地说："你儿子这么小吗？"

刘明远没有接田少峰这个话茬，有意转移了话题，问："现在忙吗？"

"忙的阶段刚过去。"

"种多少地？"

"一百多亩水稻。有活就干，没活就闲着。"

"种地自由，没人管，挺好。"

"就是太累，人都累老了。如果你在大街上遇到我，可能都认不出来了。"

刘明远感觉田少峰的相貌变化挺大，如果不是提前通了电话，很难马上认出来。他和田少峰正聊着，乔连封走到了门口。

乔连封听见屋里有说话声，门是虚掩着，他没敲门，直接走进屋里。

田少峰开玩笑地说："没礼貌，不敲门就进屋。"

"太阳真是从西边出来了，像你这种人，也开始讲究礼貌了。"乔连封调侃地回应着。

田少峰说 :“你说对了,太阳真是从西边出来了。”

“这是夜里,连夕阳都没有,哪还有太阳? 夜空中只有星星。”乔连封说。

田少峰说 :“明远回来了,这不是太阳从西边出来了吗?”

“这么说,也有点儿道理。明远走这么多年了,突然回到了滨镇,真是出乎意料。”乔连封明白了田少峰话中的意思。

刘明远被田少峰和乔连封你一句、他一句调侃的话逗笑了。他说 :“你们说来说去,怎么转向我了? 我回到滨镇,跟太阳有什么关系?”

“你离开滨镇时多大年龄?”乔连封问。

刘明远说 :“十八岁。”

“记得这么清楚吗?”乔连封没想到已经过去几十年了,刘明远还记得是在多大年龄离开滨镇的。

刘明远解释说 :“我十六岁参加工作,在连队干了一年,又在机械制造厂工作了一年,就离开滨镇了。如果单纯记哪年走的,不好记,也记不住,但是在滨镇工作这两年好记。”

“当时你在厂里学的是电焊。你的技术挺好,走时主管生产的厂领导还有点儿不太同意放你走。”乔连封回忆地说。

刘明远调侃地说 :“厂领导关心我,外面的世界复杂,担心我被人骗了。”

“你走对了,要不现在还不一定什么样呢。”乔连封说。

乔连封是跟刘明远在同一年进入滨镇机械制造厂工作的。当时厂里为了未来发展，公开招收了一批年轻的学徒工人。乔连封在机修车间修车。他家住在镇里，有时候刘明远去他家玩。

刘明远还没来得及告诉乔连封他回到滨镇了，乔连封怎么就知道了呢？乔连封来是出乎他意料的。他纳闷地说：“你怎么知道我回来了？”

“他说的。”乔连封一指田少峰。

田少峰说：“我刚走出家门，他给我打电话商量明天去河边钓鱼的事。我说你回来了，正要来宾馆……”

“明远告诉少峰，不告诉我，看来跟少峰的感情比我好。”乔连封挑礼地说。

刘明远说：“还没有来得及告诉你呢，电话得一个人一个人打吧。”

“明天不钓鱼了，陪明远。”乔连封说。

刘明远说：“你们该钓鱼还是去钓鱼。”

“你好不容易回来一趟，得陪你好好转一转。”

刘明远不解地说：“你们一个在连队，一个在镇里，怎么认识的？”

“机械制造厂倒闭后，人员分流了，有的人被分到了连队种地。我的稻田跟少峰的稻田距离不远，我们经常在一起干活、喝酒、打牌。”乔连封说。

刘明远在田间干过一段时间农活，了解干农活的劳累和辛苦。他不愿意干农活，也认为自己不适合干农活。他说：“当时你没想过干别的吗？”

“滨镇人口少，交通闭塞，做生意不行，又没效益好的工厂，上班不行，办公室的工作找不到，种地相对比较适合我。”乔连封说。

刘明远赞成乔连封的观点。他正是感觉在滨镇生活和工作选择面窄，看不到太好的前景才离开的。

中学毕业后他成为生产连队的工人。生产连队只有在办公室工作的人员每月发工资，普通工人以种田为业，不发工资，医疗及养老保险都是从上交给国家的粮食收入中扣除。他不愿意种田，而滨镇政府机关等每月发工资的单位里要么是大中专毕业生，要么是有社会关系背景的，像他这种既没学历，又没社会关系背景的，很难找到在办公室工作的岗位。虽然他后来调到了滨镇机械制造厂工作，每月领工资了，但是机械制造厂的效益逐年下滑，前景不乐观。他在迷茫了一段日子后，决定离开滨镇，外出寻求发展机会。

田少峰对乔连封说：“我挺佩服明远的。”

“我有什么值得佩服的？”刘明远说。

田少峰说：“当时在滨镇还没有哪个人放弃在国营单位的工作，孤身一人到外地打工的呢。”

“我是被逼无奈，才远走他乡。”刘明远说。

田少峰反驳说：“可算了吧，谁逼你了？当时你已经调到机械制造厂上班了……”

“机械制造厂好吗？”刘明远故意问。

田少峰说：“那时能进机械制造厂工作就非常不容易了，没社会关系根本进不去。”

“看过小说《围城》吗？”刘明远问。

田少峰笑着说："咱是农民，只知道种地干活，看啥小说呀。如果看小说，也是看金庸的、梁羽生的、古龙的、琼瑶的，也不看你说的这种。啥《围城》不《围城》的，你有话就直说，别绕弯，一绕弯，我的脑子转不过来，就绕迷糊了。"

"当时是有人想进机械制造厂工作，但是也有人想离开机械制造厂，另谋生活出路。"刘明远说。

田少峰说："你不愧是在大城市生活了这么多年，说话都文绉绉的，咱农民听起来费劲。你把话说得直白点儿行不？"

"你没有在机械制造厂里工作过，不了解当时情况。当时厂里经济效益逐年下滑。虽然每月发工资，但是工资太少了，没等到下个月发工资，钱就花完了。"刘明远叹息地说。

田少峰说："你走对了，现在那几个大厂全倒闭了。"

乔连封跟田少峰的看法相同，点着头说："明远这种魄力一般人没有。"

"哪是什么魄力，只是赶上好时候了。如果国家不改革开放，提倡国有企业人员流动，政策放宽了，我想走也走不了。"刘明远说。

乔连封问："你现在一个月多少工资？"

"一万多。"刘明远不想回答。但是感觉不回答不礼貌，迟疑了片刻，没说出实际工资，只说了工资的一半。他的实际工资是两万多块钱。

乔连封说："挺好。"

"你们种水稻的收入也不少。"刘明远说。

乔连封说："好年头能挣个十万二十万的，不好的年头得赔钱。"

“不好的年头少，还是好年头多。”刘明远说。

乔连封说：“这倒是。如果总赔钱，活又那么累，就没人种地了。”

“很累吗？”

乔连封说：“这活你可干不了。”

“不是用机械种吗？”

乔连封说：“是使用机械。但是，不是所有的活都能用机械干。机械也得由人操作呀。忙的时候，累得跟孙子似的。”

“东北水稻在全国挺有名的。”刘明远说。

乔连封说：“广西、四川、宁夏都有在网上买滨镇大米的。他们那里也产大米，但是没有东北大米好吃。”

“跟气候有关。”刘明远说。

乔连封：“你走时，咱们这里还没有种水稻吧？”

“刚开始种植试验，还没有大面积种植。当时好像刚成立了水稻种植推广实验办公室。”

乔连封说：“种水稻比种大豆、小麦和玉米麻烦多了。”

“收入也多。”刘明远说。

乔连封说：“收入是多了，但是也得靠天气吃饭。”

田少峰今天去煤城办事，早晨走得早，他忙了一天，有些累了，打了个哈欠说：“明天中午你没有安排吧？”

“还不知道呢。”

田少峰说：“不知道就是没有。明天中午我安排喝酒。连封没事吧？”

“明远回来了，别的事尽可能往后推。”乔连封说。

刘明远说："不用这么麻烦。"

"你这么多年没回来了，还不在一起吃顿饭吗？就这么定了。明天中午我开车来接你。"田少峰站起身说。

刘明远说："你们别耽误干活。"

"现在不忙了。忙的时候，有这种想法，也不一定能有时间。你坐这么长时间的车了，也累了，早点儿休息。"田少峰往房间外走。

乔连封跟在田少峰身后，边走边回头对刘明远说："少峰安排完，我就安排。"

"你们不用麻烦了，不用吃饭。咱们见了面，聊聊天就挺好。"刘明远送乔连封和田少峰到了宾馆一楼。

田少峰指了一下男服务员对刘明远说："认识他吗？"

"我离开时他还没出生呢。"刘明远办理住宿手续时跟男服务员交谈过，了解一些男服务员的情况。

田少峰问："你知道他爸是谁吗？"

"不认识。"

田少峰说："你怎么能不认识呢？"

"他跟我说过他爸的名字，我没印象。"

田少峰问："他爷爷你还记得不？"

"我连他爸都不认识，怎么可能认识他爷爷呢？"刘明远笑着说。

田少峰提示着说："他爷爷叫罗力军，在咱们连当过指导员。他爸比咱们晚上两年学。"

"你这么一说，我好像有点儿印象。"刘明远说。

田少峰说："你离开滨镇的时间太长了，那些老人有很多都没了。”

刘明远看宾馆外停着两辆轿车，用夸赞的语气说：“你们都买轿车了，日子过得一定很好。”

“谁家没这东西。咱们这儿地广人稀，又不像城市有公交车，没车太不方便了。”乔连封说。

刘明远说：“这哪是农民，比城市下岗工人的生活条件好太多了。”

“那倒是，城市下岗工人的生活跟咱比不了……明远，你早点儿休息，休息好了，明天多喝点儿酒。”乔连封说完拉开了车门，准备上车。

这时，有车的灯光从主街转弯射过来，随后一辆白色轿车停在了他们旁边。

田少峰认出是陶小军的车。陶小军摁响了车的喇叭，示意田少峰别走。田少峰不自主地说：“这家伙也来了。”

车门打开，陶小军从车里出来。

乔连封认识陶小军，但是没有交往，不怎么熟悉。

陶小军对田少峰说：“别急着走呀，陪我跟明远聊会儿天。”

“都几点了，还聊？明远想休息了，明天再聊。”田少峰边说边看着手机上的时间。

陶小军调侃地说：“明远回来了，心情兴奋，把今晚当成除夕之夜，不到午夜咱们不睡。”

“咱们别上楼了，在街上走走，让明远看一看滨镇的夜景。”田少峰说。

陶小军笑着说："明远是从大上海回来的，上海的夜景比咱这儿好百倍。"

"小城和大城市的风景各有不同。"田少峰说。

陶小军说："明远是客人，你不能擅自做主，得听明远的。"

"我可没有做主，只是建议，大家可以表决。"田少峰说。

陶小军调侃地说："这又不是选连长，怎么还弄成了表决……显你有文化呗！"

刘明远被田少峰和陶小军幽默的话逗笑了。他很久没有听见这么质朴而真切的话语了。他看了一眼夜空，然后说："在外面走一走挺好。"

街上没有行人，也没有车辆，只有路灯发着暗淡的光。刘感恩没穿外衣，感觉有点儿冷。陶小军脱下身上的外衣，披在刘感恩身上。刘感恩腼腆地拒绝着。陶小军笑着说："虽然叔叔的衣服旧了点儿，但是刚洗过，不脏。"

"叔叔给你，你就披上。"刘明远对刘感恩说。

陶小军说："你家嫂子比你小很多吧？"

"同龄。"

陶小军说："你在那么远的地方，又是在大城市里，能站稳脚，真是不容易，要么孩子不能这么小。"

"生活嘛，不可能全是一帆风顺的。"

陶小军说："你的想法超前，跟我们不一样。"

"也没什么不一样的。"

陶小军风趣地说："我们是结了婚就生孩子，按部就班、年复一年地干活。你是努力把工作当成了事业干，立了业才结婚，才考虑生孩子。”

“你的孩子多大了？”刘明远问。

陶小军笑着说：“去年结的婚。今年我就当爷爷了。”

“在哪工作？”

陶小军说：“他不愿意学习，职业高中毕业，哪有什么工作，跟着我种水稻呢。”

“这叫子承父业。”田少峰说。

陶小军认为田少峰在讥讽他。当然，这种讥讽是朋友之间开玩笑的一种方式。他反驳地说：“少峰，你不当连长和书记，真是屈才，可惜了。书记是上级领导定的，咱没有建议的权力，但是连长是选的，下次竞选连长时，你一定参加竞选，要不你的才华就被埋没了。”

正阳街从东到西贯穿滨镇。居住在镇上的人口不多，夜晚几乎没有行人和车辆。星空和路灯衬托着小镇的夜景。

他们缓慢地从宾馆往东走着，你一句、他一句的话语，都在讲述着现在和以往的生活琐事。这些琐事组成了日常生活。

他们的年龄在忙碌的生活中增长着。青春岁月离他们越来越远，留下的只有回忆。

第四章

刘感恩第一次坐这么远的长途客车，累得连玩的心情都没有了，上床就睡着了。他一觉睡到天光大亮。他睁开眼睛时，看见父亲站在窗台前朝屋外看着。

天还没亮，刘明远就醒了。他站在窗前，看着外面大街上的路灯关了，天色由暗渐明，偶尔有行人和车辆在街上经过。他好像是在体会夜色离去，黎明到来时的感觉。

他眼前的这条大街是滨镇最宽、最平坦、最繁华、绿化最好的街。镇政府在这条街边，离宾馆只有几十米远。他曾经对这条街充满期待。

那时，他非常羡慕在这条街两边房屋里工作的人。街两边是邮局、政府部门、通信公司等单位。他认为在这些单位工作的人，不只是比在农田里劳动的人轻松、幸福，更是体现出了人生的价值。

他从在滨镇村庄生活的少年，成为滨镇机械制造厂的年轻工人，再后来永久告别了滨镇的生活……此刻，人过中年的他早已成了滨镇的过客。

此时，他是滨镇的陌生人。

他回滨镇只是重游或是在片刻时间里寻找对从前往事的记忆。他产生回滨镇的想法已经很久了。

原本在三年前，他就计划好了行程，但是父亲突然得了重病，瘫痪了，直到去世……这一延误，就延误了三年多时光。

三年时间不算短。不过，他认为这也不算误事。因为刘感恩在三年后，个子长高了，独立行事的能力强了，也比三年前懂事了。他能把看见的风景、遇到的事、接触到的人记得更深。或许还能引起他对北大荒与城市不同生活的思考。

刘明远这次带着刘感恩回滨镇，有想了解从前生活过的地方的发展变化及跟友人叙旧的情愫，也有让刘感恩知道北大荒生活的想法。他有意让刘感恩知道在大城市之外，还有其他的生活环境。这种生活环境与城市生活环境有着较大区别。他认为这能拓宽刘感恩对生活的认知面。

他希望通这次回滨镇的特别旅程，能启迪刘感恩的思想，能增强他的进取心，产生奋进精神，促进以后的成长。

刘感恩默默地看了一会刘明远的背影，不解地说："爸，你看什么呢？"

"没看什么。"刘明远说着转过身。

"你站在那看很长时间了，肯定是在看什么。"

"这条街很美。"刘明远走到电源插座前，拿起手机。手机已经充满电了，他拔下手机充电器。

刘感恩说："我没感觉到美。只是一条普通的街。街上的行人还那么少。行驶的车也不多，空荡荡的。你怎么看得那么入神？"

"不是看人。"

刘感恩说："不看人，看什么？看车？可是车也不多呀。"

"不是看车。"

刘感恩更是不解地说："不看车，不看人，那街上还有什么？看路灯吗？天亮了，路灯也关了。"

"也许是灯，但不是路灯。"

刘感恩说："街上除了路灯，也没看见还有别的灯。"

"那灯在我心里。"

刘感恩不相信地说："你骗人，心中不可能有灯。"

"你年龄太小，等你到了我这个年龄，可能就会懂了。"

刘感恩否定地说:“那么我还是别懂了。”

“为什么?”

刘感恩说:“到了你这个年龄,我就老了,也得像你一样天天工作,连玩耍的时间都没有。我可不想没有玩的时间,也不想工作,更不想老。”

“每个人都得工作,每个人也都会变老。”

刘感恩说:“农民就不用工作。”

“农民到田里劳动,也是工作,只是叫法不同,工作的性质不同。”

刘感恩问:“每个人都会死吗?”

“当然会。生老病死是生命的自然规律。只是有的人活的时间长,有的人活的时间短。人一出生,就是面对死亡。不是哪个人愿意不愿意的问题。”

刘感恩说:“死,太令人恐惧了。”

“你现在需要做的事,就是每天开心地生活,就是好好学习,别的事都跟你无关。”

刘感恩问:“咱们今天去哪儿?”

“去看你姑奶。”

刘感恩问:“她家住在什么地方?”

刘明远皱了一下眉头,表情有点儿凝重,没说话。

刘感恩问:“她家离这儿远吗?”

“应该不远。”

刘感恩问:“你没去过她家?”

“我在她家住过很长时间。”

刘感恩疑惑地说：“那你怎么还不知道她家离这有多远呢？”

“那是很早的事了。”

刘感恩说：“她搬家了？”

“好像是。”

刘感恩说：“你越说我越不明白了。”

“不睡就起来洗澡，换上干净衣服，咱们去吃饭。”

刘感恩说：“早晨洗什么澡呀？”

“坐了这么长时间的车，路上接触的人那么多，衣服脏了，身上有汗味，洗澡可以缓解疲劳，也能提振精神。”

刘感恩调皮地闻着衣服说：“挺好闻。”

“在以后的几天里，可能没有洗澡的机会。”

刘感恩问：“为什么？”

“如果不住在宾馆，可能就没有洗澡的热水。你洗澡。我把你换下来的脏衣服洗了。”

刘感恩说：“以前坐车是觉得好玩。这次坐车是感觉很累。”

“再好玩的东西，如果时间长了，都会产生反感。”

刘感恩问：“咱们回家时也坐车吗？”

“这地方没有飞机场，当然得坐车到松市了。”

刘感恩显出无奈的表情说：“天哪！”

“别天呀地呀了，快去洗澡、换衣服。收拾完了，咱们去吃饭。”

刘感恩打了下哈欠说：“我还不饿呢。”

“过会儿可能会有人来。来人了，就没有吃饭时间了。”刘明远走到卫生间，把水的温度调到适宜洗澡的温度。他从旅行箱里找出一套刘感恩穿的衣服和袜子放在床上。

刘感恩洗澡时，刘明远洗着刘感恩路上穿的衣服。他把湿衣服晾晒在阳台上。刘感恩穿上干净衣服说："干净的衣服是好闻。"

"没谁愿意闻汗味。"

刘感恩问："咱们在这里待几天？"

"明天走。"

刘感恩惊讶地说："这么短的时间！"

"你想待几天？"

刘感恩说："现在走都行。但是咱们来了就走，就不应该来。咱们来这地方干什么呢？"

"看一看呗！"

刘感恩说："看什么？"

"你看到什么了？"

刘感恩说："我什么也没看见。"

"这里跟咱家有区别吗？"

刘感恩说："当然有，区别大着呢！"

"说一说，看你说得对不。"

刘感恩说："农田面积大，房屋稀少，人更少。"

"还行，说的是这么回事儿。"

刘感恩问："咱们从这里直接回家吗？"

"不回。"

刘感恩问："还去哪儿？"

刘明远领着刘感恩走出宾馆，在街上寻找饭馆。

8 月底，北大荒还没有到秋收时间。以前在以种植旱田为主时，这是麦收忙碌的季节。在以种植水稻为主后，这是农闲阶段。早晨，滨镇大街上几乎没有行人和车辆，非常幽静。

刘感恩边走边问："爸，你小时候是生活在这里吗？"

"在这里生活过一段时间。"

刘感恩问："你还在其他地方生活过？"

"像你这么大时，我才到这里的。"

刘感恩问："你跟谁搬迁到这地方的？"

"你爷爷。"

刘感恩没见过爷爷，知道爷爷去世多年了。他问："在搬迁到这里之前，你生活在什么地方？"

"等去了，你就知道了。"

刘感恩问："咱们还去那地方？"

"去。不去，你都不了解我小时候生活的地方。"

刘感恩说："你带我来到这里，是不是想让我知道你以前生活过的地方是什么样？"

"有这种想法，但不完全是。"

刘感恩说："还有什么想法？"

"想让你学会不能忘记帮助过你的人。"

刘感恩不假思索地说："没有人帮助过我。"

"有。比如老师、同学……"

刘感恩说："你经历过的事跟我没有关系。"

“或许现在没有。但是等你长大了，应该会有。”

刘感恩问：“你出生的地方距离这儿远吗？”

“不远，也不近。”

刘感恩说：“你这是说远呢，还是说近呢？”

“没办法比较。”

刘感恩对刘明远这么说有点儿不满意，用责怨的语气说：“你在那儿生活过，远近还不知道吗？”

“比起远的地方肯定是近，比起近的地方肯定是远。”

刘感恩隐约地感觉在北大荒，在滨镇这座小城，父亲的感情发生了微妙变化。父亲说的话他有些不懂。他听父亲说的这些话，如同身处在这个陌生地方一样。

刘明远领着刘感恩沿着宾馆前的大街，走到东西与南北主街的十字路口处，转向朝北走。在他的记忆里，这段路是滨镇商业气氛最浓的地段。

他离开滨镇时，滨镇几乎没有楼房。现在街的两边是两层、三层楼房连在一起。一层多为商铺，二层、三层多为住宅，也有上下全是商用的。

滨镇中学在这条街的北段。学生放暑假了，校园的大铁门关着。透过铁围栏能看见校园里面的场景。

刘明远在这儿读过书，对学校里的建筑和场景还有些记忆。那时学校教室在南北两侧，分别是两排砖瓦平房，中间是宽阔的操场。现在楼房替代了平房。除了校园位置没变，学校的建筑全变了，没有了以前的痕迹。学校再往北是沙土路，路两边没有建筑物，是长着庄稼的农田，还有在农田之间的荒草地。

刘感恩不明白父亲为什么走这么远，不解地问："咱们不是吃饭吗，怎么走到这儿了？"

"多年过去了，我想看一看这里的变化。"

刘感恩说："刚才还不饿呢，走了这么远，感觉饿了。"

"想吃什么？"刘明远领着刘感恩折身返回。他边走边留意着街边的商店和饭馆。街两边有的商铺、饭馆已经开门营业了，有的店门还关着，没营业。

刘感恩说："昨晚的豆腐挺好吃，吃豆腐吧。"

"连着吃吗？"刘明远考虑到儿子是处在长身体的年龄，为了营养全面，利于长身体，一般不连续吃一种食物。

刘感恩说："也不知道这里还有什么好吃的东西。"

刘明远注意到在街两边有卖油条和包子的店铺。这种店铺营业时，为了吸引顾客，通常是店门敞开着，在店门外摆放有桌子，顾客在店铺内和店外都能用餐。

他朝一家店铺走去。他知道在滨镇不管是炸油条的还是卖包子的店铺，一般情况也卖豆腐脑和豆浆。

滨镇开的小饭馆，早餐基本是以油条、油饼及包子为主食，豆腐脑、豆浆及米粥作为搭配。

店铺里有两个大人和一个年龄跟刘感恩差不多大的男孩。不用问就知道这是一家三口。食谱单上写着"豆腐脑、油条、烧饼及咸菜"。刘明远要了四根油条和两碗豆腐脑。

刘感恩在家时，吃油条的次数非常少，只是在特殊情况时才吃。

他的母亲说吃油炸食品对身体不好，反对他吃各种油炸食品。刘明远也不怎么吃油炸食品。但是出门在外，尤其是在滨镇这种陌生地方，早餐不吃油条，就吃馅饼、包子，可供选择的食品种类比较少。他认为街边小饭馆做的馅饼、包子，用的菜不一定能洗得干净，用的肉不一定是质量好的肉。在包子、馅饼及油条几种食品中，他认为油条比包子、馅饼更卫生、更安全。刘感恩吃了口油条，做出品尝的表情说："感觉跟咱们家的味道不一样。"

"哪种好吃？"

刘感恩想了想说："这里的。"

"这是用纯豆油炸的。"刘明远说。

"咱们那是用什么油炸的？"

"说是花生油……应该是棕榈油或是混合油。"

"为什么用棕榈油和混合油炸？"

"棕榈油、混合油价钱低，能降低炸油条的成本。店铺老板为了提高利润，多赚钱，就用便宜油炸。"

刘感恩天真地说："那不是骗人吗？"

正在炸油条的男人听到刘明远和刘感恩的聊天，知道他们是从外地来滨镇的。他边翻动锅里的油条边插话："咱们这儿的油条是用纯豆油炸的。用其他油炸的油条口味跟豆油炸得不一样。本地人吃豆油吃习惯了，不习惯吃其他油。来我这吃饭的外地人少，多数是本地人。如果用其他油炸，不用吃，只要闻，就能闻出来。生意想长期干下去，就得用纯豆油炸。"

刘明远跟炸油条的男人聊了起来。

油条店老板是富锦市乡下农村的。富锦跟滨镇隔着松花江。富锦在江南岸，滨镇在江北岸。富锦在滨镇东南方向。他在滨镇开饭馆三年多了。

刘明远在滨镇生活时，松花江上没有江桥，南北两岸人员往来不方便。他知道富锦，但是没去过。

炸油条的男人说江桥建成后，江南江北两岸人员往来非常方便。他开车几个小时就回到家了。他说滨镇比他家那地方生活条件好很多。

刘明远童年时在农村生活过，对农村记忆深。虽然农村跟农场都是以农业生产为主，名称上也只是一字之差，但是在生产方式和人们生活方面完全不在同一水平上，两者没有可比性，也不能相提并论。

第五章

林容芳开着绿色皮卡车到水稻田时，朝阳刚从地平线升起，淡淡朝霞温暖着稻田。稻田好像儿童睡醒时的面容，带着希望和美好。此时林容芳的神情里没有了劳累和疲倦，放松的表情里满是愉悦。

王金龙和张海波坐在房门前的板凳上，面对面悠然地吸着烟。他们身旁的空地处放着行李和生活用具，已经做好了离开这儿的准备。

早晨的空气不只是新鲜，还夹着冷意。清新的空气被呼吸进身体里，使身体产生微妙的兴奋，让精神有些振奋。林容芳下了车，笑着问："昨晚没喝多吧？"

“我有点儿多了。”王金龙说。

林容芳说：“你酒量不如海波大，海波再喝点儿也没事。”

“我也喝到量了。”张海波说。

王金龙和张海波先后把手里的烟蒂扔在地上，用脚碾了碾，碾灭烟蒂上的火，然后往车上搬放行李和随身带的物品。

林容芳走到屋里看了看，转身走出来，叮嘱说：“别落下要带的东西。”

“也没什么非要带的。”王金龙说。

林容芳说：“虽然有些东西不重要，但是如果没有，还真不方便。”

“这倒是真的。”张海波说。

林容芳朝稻田走了几步，蹲下身子，观察昨天排入水后的情况。一夜过后，水被泥土吸收了一部分，水位降低了。这次灌水能保证水稻成熟。她站起身若有所思地望着稻田的远处。水稻如同一张大地毯，把泥土的身体遮得严严实实。水稻快成熟了，稻穗在由绿变黄。朝阳洒在稻田上，映衬着收获的希望。她像是自语，又好像是在跟王金龙和张海波说：“昨天灌的水应该饱和了。”

“刚才我们到地里转了一圈，全被水盖住了。”王金龙说。

林容芳转身朝车的驾驶室走去说：“可以缓口气了。”

王金龙和张海波坐在驾驶室的后座上。

两边的稻田随着车速加快，由慢变快地往车后奔跑。王金龙和张海波准备乘坐 11 点滨镇开往煤城的客车回家。林容芳要在 11 点之前，把跟王金龙和张海波之间的事处理完，还得把他们送上车。

林容芳把车开到了秋淋浴室门前停住。

每年她在跟长工结账时，都安排长工在浴室洗澡，请长工在饭店吃顿饭，一次性把工钱付清。长工对她的这种做法非常满意。往年这些事由栾水长张罗处理和安排。今年因为栾水长的右膝盖疼痛严重，处在治疗期，不方便行走，就由她做这些事了。

滨镇有三家浴室。不知道是三家浴室店主商量好了，还是巧合，三家浴室的店名很有特点，店名分别为“春”“夏”“秋”开头：一家叫“春满意”，一家叫“夏不热”，一家叫“秋淋浴”。三家浴室的店名预示着这片土地的季节变化。以农业生产经营为主的北大荒人对季节变化很敏感。三家浴室的营业收入几乎差不多。

滨镇人口少，在镇里居住的人有很多相互认识。农闲季节到浴室洗澡的人不多，农忙时是浴室生意的旺季。浴室正常是晚上忙，早晨开门营业时间晚，一般十点以后开始营业。林容芳昨天在街上遇到秋淋浴室的老板娘时，跟浴室老板娘说，今天早晨带两名长工来洗澡，所以秋淋浴室提前营业了。

王金龙和张海波匆忙洗了澡，换上干净衣服，感觉心情舒畅很多，人也精神了很多。或许，这种心情也跟回家有关，也跟马上拿到工钱有关。

他们累死累活地在稻田里干活，不就是为了把挣到的钱带回家吗？

林容芳开车送王金龙和张海波到小饭馆吃早饭。饭馆里有三五个顾客在吃饭。顾客中有她熟悉的，相互打了招呼。她让王金龙和张海波点菜。

王金龙和张海波急着去客运站乘车，为了节省时间，没有要炒菜，只要了包子和豆浆。

林容芳在王金龙和张海波吃饭时，到银行把工钱转给了他们。前些年银行卡没有普及时，她是用现金付工钱。工钱是一次性结算清的，钱多，现金带着不方便，还容易丢失。在银行卡普及后，她就用卡转账了。她的账款业务来往次数少，没办理手机银行，每次得到银行转。她从银行回来，把转账收据给了王金龙和张海波。她表示歉意地说："今年没多给你们转。如果年终收成好了，来年多转点儿。"

"去年遇到了天灾，那种情况，我们理解。你多给，我们也不能要。"王金龙说。

张海波说："你和栾哥是爽快人，今年收成一定不错。"

"明年你们还得来帮我。"林容芳说。

王金龙和张海波愿意给林容芳干活不只是工钱付给得及时，还因为林容芳和栾水长处事大度、有包容性，遇事好沟通。他们在给林容芳干活之前，给其他人家干过活，有的雇主非常不信任他们，怀疑他们干活时偷奸耍滑，如同监工似的监督他们，侮辱了他们的自尊心，严重影响了他们的心情。虽然打工是为了挣钱，但是心情也很重要。

王金龙和张海波的银行卡没有办理手机短信通知业务，只有到银行查才知道钱到没到账。不过他们绝对相信林容芳把工钱转给他们了。

林容芳说："用不用去银行查看钱到没到账？"

“不用。我们还能不相信你和大哥吗？”王金龙说。

张海波说：“你和大哥的人品别说是在滨镇了，就是在全国，也是一流的。”

林容芳跟饭馆老板结了饭钱，然后对王金龙和张海波说：“咱们去客运站吧。如果有什么事情，电话里可以随时沟通。”

“没有啥事了。如果有事，就是祈求老天爷多关照，开点儿恩，让水稻长得好，你和大哥今年收成好，多卖钱，多得钞票。”王金龙说。

林容芳说：“秋收时可千万别下雨。去年水稻长得也不错，就是收割时下雨了，耽误了收割进度，浪费大。”

“今年不会下雨了。”张海波说。

林容芳说：“但愿老天爷开恩，发慈悲，睁开眼睛。”

滨镇客运站不大。每天有三趟开往外地的始发客车，还有两趟外地经过的客车。原本外出乘客就不多，经过几次分流，每趟车的乘客不是太多。如果不带太多物品出行，开车前买票就可以。因为王金龙和张海波带行李及一些生活用品，得提前把东西放到车上。

林容芳开车把王金龙和张海波送到客运站，看着王金龙和张海波把东西放到车上，坐上了车后，她才回家。

栾水长刚洗过澡，边穿衣服边问林容芳：“他们走了？”

“走了。这一大早忙的……总算可以松口气了。”林容芳坐在沙发上说。

“等我的膝盖好了，这些事就不用你管了。”

“照医生说的，一时半会儿好不了。”

“医生说得也不一定完全正确。”

“你怎么现在洗澡？”

“明远哥不是要来吗？身上汗味太大，不洗澡，还不把他熏跑了。”栾水长平时每天洗一次澡。昨天晚上酒喝得有点儿多了，回家就睡了，没洗澡。

林容芳之所以急着把长工送走，也是因为刘明远要来。如果长工明天或后天走，晚走两三天，她也不会这么着急。刘明远来了肯定得占用她的时间。昨晚她没洗澡，也没换衣服，就问：“热水还够我洗的吗？”

“够。”

“我也洗一洗。”

栾水长认为林容芳把王金龙和张海波送走后，回家有可能洗澡。他为了节省热水，用温水冲洗的。

林容芳洗了澡，换了衣服，拨通了刘明远的手机。

刘明远在房间里跟徐冰川聊天呢。徐冰川是刘明远二伯家的大儿子，比刘明远大好几岁。刘明远称徐冰川为堂哥。徐冰川在亲戚中算是比较善于交谈的。他跟林容芳也是表兄妹关系。刘明远跟林容芳免去了客气话，在电话里直截了当地说：“你如果有时间，陪我去我姑的墓地看一看。”

“哥，你在哪儿呢？”

“宾馆。”

“滨镇宾馆吗？”

“是，在三楼。”

“哥，十分钟左右我就到了。”林容芳挂断了电话。

徐冰川没想到刘明远回到滨镇去的第一个地方竟然是姑母的墓地。他感到意外和不解，不想跟刘明远去姑母的墓地。既然他不想去姑母的墓地，就得在林容芳到宾馆之前离开。他站起身，匆忙地说："我还有事，不陪你去姑母的墓地了。"

"你是你，我是我，姑母帮助我比帮助你多。你忙你的。"刘明远说。

徐冰川说："晚上我请你吃饭。"

"到时再说。"

"你有安排了？"

"还没确定。"

"那就别答应其他人了。晚上我安排。"

"晚上再说。"刘明远不能确定田少峰和乔连封说请他吃饭的准确性。多年没见了，也没处过事，不了解他们的处事方式和可信度。他知道在北方很多人说请客吃饭是客套话，不是真的请，有的时候根本没有诚意，只是交往时表面的形式，说过了跟没说一样。

徐冰川往屋外走着说："我先走了，下午给你打电话。"

"咱们这不是见面了吗，见面就行了，你忙你的。"刘明远把徐冰川送到房间门口，没往楼下走。他在徐冰川下楼后，转身回到房间。

刘感恩问："咱们去墓地吗？"

"看你姑奶。"刘明远没跟儿子说过去墓地。他认为儿子年龄太小，心理承受能力弱，担心儿子产生恐惧心理。

刘感恩没看见过死去的人，也没去过墓地，得知去墓地后有点儿紧张。他说："姑奶去世很多年了吗？"

“很多年了。”刘明远叹息地说。

刘感恩说:“为什么去她的墓地?”

“她帮助过我和你爷爷。我想去看望她。”

刘感恩说:“刚才来的那位大爷,他怎么不去姑奶的墓地呢?”

“他是他,我是我,不同的人遇到过的事不同,想法也不同。”

刘感恩说:“我也去吗?”

“我想让你去。如果你不愿意去,就不去。”

刘感恩不想去,父亲没说不让他去。虽然父亲没强迫他去姑奶的墓地,但是他感觉父亲想让他去。他犹豫着。

林容芳有点儿喘粗气地走进房间说:“哥,你什么时间到滨镇的?”

“昨天晚上。”

林容芳说:“你怎么不告诉我呢?”

“你没接听电话。”

林容芳说:“你打电话时我正开车回家,手机没电了。回到家,你的电话就一直占线。”

“跟其他人通电话呢。”

“通了那么长时间。”

“现在还忙吗?”

林容芳说:“今天开始就不怎么忙了。”

“我回来的正是时候。”

“可不嘛!忙时我们连吃饭的时间都没有。”

“你跟我去我姑的墓地看一看。”

“不远，一会儿就到。”

刘明远冲着刘感恩说：“感恩，叫姑姑。”

刘感恩小声地说：“姑姑。”

“几岁了？”林容芳问。

刘感恩说：“8 岁。”

“应该上二年级了吧？”

刘感恩说：“开学上三年级。”

“你爸当年学习就挺好。你学习也一定很好。”

刘明远说：“好什么呢，当年……唉！”

“那不是你学习不好，是因为家庭生活的原因。”林容芳说。

刘明远说：“幸亏有我姑的帮助，要么我不可能有现在的生活。”

“你现在的生活是你努力的结果，跟别人没有太多关系。”林容芳说。

刘明远说：“咱们下楼吧。”

林容芳的手机响了，电话是栾水长打的。栾水长在楼下等着急了。林容芳没接，挂断了，对刘明远说：“水长在楼下等着急了。”

“他怎么不上来呢？”

“他的膝盖坏了，上楼不方便。”

刘明远拿起随身包，把手机放在包里，往屋外走。

栾水长在一楼大厅坐着。林容芳他们走下楼时，他站起身，迎着刘明远走过去说：“家里有地方住，怎么还住宾馆呢？”

“你们那么忙，别影响你们休息。”

栾水长问：“昨天，车晚点了吗？”

“到这儿快黑天了。”

栾水长说：“昨天我们是有点儿忙，没顾上……今天到家里住。”

“宾馆价钱也不贵。”

栾水长反驳说：“不是贵贱的事。你这么多年没回来了，好不容易回来一次，住宾馆，不让外人笑话吗？”

“这笑话什么？”

栾水长说：“在滨镇没有亲戚了，还住宾馆？”

林容芳对刘明远说：“哥，水长说话直，你别跟他一样。”

“我说错了吗？”栾水长说。

林容芳说：“没错，但是你得看别人能不能接受。”

“哥又不是外人，我说话还用琢磨着说吗？”栾水长说。

林容芳说：“你如果能琢磨着说话就好了。”

“哥好多年没回来了，我跟哥又是第一次见面，你别刚见面，就说我的缺点。”

刘明远看栾水长有点儿脸红了，忙转移话题，问：“你的膝盖怎么了？”

“前些年受了点儿意外伤，没当回事，大意了，现在发炎了。”

刘明远问：“没去大医院看一看吗？”

“松市大学附属医院的医生建议休养，吃消炎药，没有别的治疗方法。”

刘明远说：“尽量别干重体力活。”

“咱是农民，以种地为生，每年只种一季庄稼，农闲时可以不干，农忙时不干根本不行。如果耽误了农时，一年就没收入了。”

林容芳拉开绿色皮卡车的后座位车门，刘明远和刘感恩上了车。栾水长坐在副驾驶座位上。她上了车，坐在驾驶的座位上说："这是干活用的车，不怎么好。"

"这就很好了。我还没车呢。"

林容芳不相信地说："不会吧。"

"我不会开车。上班时单位有班车。平时也不上哪去，用不上车。"

栾水长说："关键是你不喜欢车。如果你喜欢车，肯定会买。"

"我一点儿也不喜欢。就算是别人送我车，我也不开。"

刘感恩看出来皮卡车跟轿车的区别了，但是不知道皮卡车的名称，小声问刘明远："这叫什么车？"

"皮卡。"刘明远对车关注少，但是知道皮卡车。

栾水长转过头看了一眼刘感恩，笑着问："是第一次坐皮卡车吧？"

"看见过，没坐过。"刘感恩说。

皮卡车驾驶室里的座位数量跟轿车相同，车的底盘比普通轿车高，动力比轿车大，车后面有车斗，装载的货物比轿车多，适合在路况不太好的地方行驶。

滨镇的公用墓地在城区外东北角处。

刘明远在滨镇生活时，这地方是一片原始荒野地，没有坟墓，也没有建筑，只有几棵自然生长的白桦树孤零零地矗立在荒野上。

刘明远下了车，一大片坟墓映入了眼帘。墓碑排列整齐有序。不远处有一座不是很大的房屋。他猜测那座房屋是给看守墓地的人用的。

他没想到在滨镇人口这么少的地方，会有这么多人去世了。他看见这些墓碑，忽然感觉到了岁月的无情，意识到自己在快速变老。

林容芳在前面引路。在经过十几个墓碑后，她停住了脚步，表情变凝重了。

刘明远看见了姑母的名字。他是第一次知道姑母的名字。从前他只知道姑母姓刘，不知道全名。他的眼眶里溢出了泪水，姑母的名字变得模糊了。

林容芳说这里只有她的母亲一个人的骨灰，父亲的骨灰还埋在九连的树林里，没有迁移过来。父亲比母亲早去世十多年。父亲去世时滨镇还没有公用墓地，去世的人随意安葬在几处原始树林或荒草地里。在母亲去世时才有了公用墓地。她和哥、姐商量过了，在适当的时候，把父亲的骨灰移到母亲的墓地里，让两位老人合葬。

刘明远双膝跪下，向姑母磕着头，哽咽地说："姑，我来看你了……"

刘感恩第一次看见父亲下跪，也是第一次看见墓地，更是第一次经历这种事。他不知道父亲为什么下跪，不知道自己是不是应该像父亲这样跪下。他不知道怎么做，没了主意，用手有意地碰了一下父亲的肩膀，希望父亲给他答案。

刘明远跪着，没有对儿子的暗示做出反应。他不要求儿子跪下，也不反对儿子跪下，只是想让儿子亲眼看见他对姑母的感谢和情感表达，想让儿子做有感恩之情的人。

刘感恩迟疑了片刻，在刘明远身边缓慢地跪了下去。

林容芳没想到刘感恩跪下了，急忙用双手拉起刘感恩说："孩子，你起来。"

刘感恩扭过头用童真的目光看着林容芳。

林容芳流着眼泪对刘明远说："哥，起来吧。"

刘明远站起身，环视着周围的墓碑。这些去世的人中，多数是他父亲那辈子的人。其中有的他认识或是非常熟悉。

墓碑下埋葬的是开发和建设滨镇的第一代北大荒人。

林容芳看着刘感恩害怕的表情，拉着刘感恩的手，在有意缓解刘感恩的情绪。她对刘明远说："孩子有点儿怕，咱们走吧。"

"去世这么多人了。"刘明远感触地说。

栾水长说："每年都得走好几个。"

"我在滨镇时，很少有人去世。"刘明远说。

栾水长说："你都离开三十多年了，三十多年前的滨镇跟现在的区别太大了。那时滨镇刚建设好，年龄最大的人不过五十岁，几乎没有老人。现在老人多了，去世的人也就多了。"

昨天刘明远刚到滨镇，就看见了几位老人。他在滨镇生活时，看见的要么是小孩，要么是中青年人，几乎看不见六十岁以上年龄的人。

林容芳看快到吃中午饭时间了，准备开车回家。

刘明远的手机响了，电话是田少峰打来的。

田少峰直截了当地问："在什么地方呢？"

"刚从墓地走出来。"

田少峰不解地说："怎么去墓地了？你爸妈没安葬在这里呀？"

“祭奠一位亲人。”

田少峰说：“咱们去吃饭吧？”

“不用这么麻烦了。”

田少峰说：“昨天晚上不是说好了吗？我已经安排好了，你可不能变卦。”

“心意领了，饭就不用吃了。”

田少峰说：“那可不行。你这么多年没回来了，好不容易回来一次，不请你吃顿饭，怎么能说得过去呢？你在哪儿？我开车接你。”

“在容芳的车上。”

田少峰说：“容芳？容芳……林容芳吗？你让林容芳拉你到松江饭馆。我在饭馆等你。”

林容芳和田少峰在同一座村庄种田，也是小学同学，稻田与稻田距离不算远，两家相处得挺好，谁家有事需要帮忙，只要有时间都会帮。

田少峰在刘明远走进饭馆时，开玩笑地说：“你昨天回来，今天就去墓地，谁在你心里有这么重要的位置？”

刘明远觉得饭馆不是说去墓地的事的场所，不想提去墓地的事，有意避开了这个话题，没接田少峰的话。他用手拍了一下田少峰的肩膀，做出热情的表情，朝着乔连封和陶小军走过去。

乔连封和陶小军及另外几个人站在那边有说有笑地聊着什么。

林容芳看刘明远没接田少峰的话茬，为了不让田少峰显得尴尬，对田少峰说：“去看我妈了。”

“噢！好像明远家刚搬到滨镇时，在你家住过一段时间。”田少峰知道林容芳和刘明远的亲戚关系，也知道刘明远年少时是奔着林容芳的母亲来滨镇的。

林容芳笑着说："你还记得这事呢？"

"那时咱们也就六七岁吧？好像刚上小学或者是还没有上小学，过去四十多年了，记得不太清楚了。"田少峰回忆说。

林容芳说："今天麻烦你了。"

"你可别说这个……明远回来了，能不尽地主之谊吗？"田少峰说。

昨天晚上，刘明远跟乔连封和陶小军见过面了，对他们两个熟悉，其他几个人都是这次回滨镇第一次见面，没有熟悉的记忆，感觉陌生。乔连封和陶小军向刘明远介绍旁边的人。这几个人要么是童年的伙伴，要么是小学同学，因为多年不见了，又是人过中年了，所以相貌发生了非常大的变化，容貌早就没有了少年时的痕迹，他根本认不出来谁是谁。乔连封和陶小军提起他们的名字时，刘明远有的也没能想起来，有的在记忆中还留有相貌的轮廓。

大家让刘明远点菜。刘明远对于吃什么并不介意，好吃就多吃点儿，不好吃就少吃点儿，吃饭图的是心情。他把菜单递给了田少峰，说："你安排的饭，你做主就行。"

田少峰看了看桌前的人，做出放松的姿势说："这里没外人，想吃什么就说，不要忸忸怩怩的。"

"每人点一种菜。"陶小军提议说。

田少峰赞成说："那就从你开始。"

刘明远知道刘感恩愿意吃这里的豆腐，就点了豆腐。

田少峰笑着说："明远，你也不能点豆腐呀！一般情况豆腐不上招待客人的饭桌。"

"孩子喜欢吃，我吃什么都行。"刘明远说。

田少峰不相信刘明远说的话，转过脸问刘感恩："小朋友，你喜欢吃豆腐吗？"

"不想吃了。"刘感恩说。

田少峰像是揭穿刘明远的谎言似的，说道："听见小朋友说的话了吧？小朋友不喜欢吃。你可不要看豆腐价格便宜，就点豆腐。是为了给我省钱，还是认为我没钱咋的？明远，跟你说，兄弟们现在的生活跟你离开滨镇时大不一样了。那时是真没钱，想在饭馆请客吃饭，真得考虑半天，掂量掂量，现在是经常在饭馆吃饭。"

"可能豆腐象征着福气，明远才点的。"陶小军打圆场说。

田少峰说："豆腐可以上，但是得再点一个，只点个豆腐不行。"

刘明远对刘感恩说："你不是说喜欢吃豆腐吗？"

"昨天晚上吃豆腐，今天早晨吃豆腐脑，现在还吃呀……"刘感恩闹情绪地说。

田少峰说："明远，你这么做就不对了，别说是孩子了，就是大人连续三顿饭吃同样的东西也不行，更别说吃的还是豆腐。"

"明远对豆腐情有独钟。"乔连封调侃地说。

刘明远不想解释了，问刘感恩："你想吃什么？"

刘感恩没说话。

刘明远不想耽误大家的时间，做决定说："白菜粉条呢？"

"行吧。"刘感恩不太情愿地说。

田少峰说："明远不是点豆腐，就是点白菜粉条，这也太说不过去了，这两个菜上，另外加一只烤鸭。"

"烤鸭？"刘感恩重复着说。

田少峰说："小朋友，你肯定吃过烤鸭，但是你没吃过北大荒的烤鸭。这里的鸭子是散养的，好吃着呢！"

"你这是有意在给北大荒食品做广告吗？"陶小军说。

田少峰说："我说错了吗？我夸张了吗？这是事实。北大荒的鸭子就是在荒草地、河边、农田等地方放养的。明远回到上海后，如果有机会，可以帮助宣传一下，为家乡做点儿贡献。"

"明远在上海生活几十年了，比在滨镇生活的时间还长，上海才是他的故乡。"乔连封说。

田少峰认为乔连封说的"故乡"的意思不对，反问道："谁告诉你'故乡'是这么下的定义？"

"找鲁迅的文章《故乡》读一读，看是不是这个意思。"旁边有人插话说。

林容芳说："鲁迅写的《故乡》跟你们说的不是一回事。"

"林容芳是高中毕业，是咱们这些人中学历最高的。她说的话应该有道理。"田少峰说。

陶小军说："我也是高中毕业。"

"行了，咱们别瞎扯了，开始喝酒吧！"田少峰说。

陶小军说："你做东，从你开始。"

每年3月中旬到8月底是春种和夏季对农田管理阶段，农活多，很忙碌，种田人起早贪黑地劳作，为了节省时间，到饭馆吃饭的人比较多。这段时间是饭馆生意的旺季。从8月到10月的两个月时间是农闲阶段。人们闲下来后，没特别情况不到饭馆吃饭。从10月到12月是秋收和卖粮阶段，不只是活多、忙碌，还是进钱的阶段，也是饭馆生意的旺季。此时是饭馆生意的淡季。

因为都是种田人，也都刚忙完了农活，没什么心事了，可以放开酒量，畅快喝酒。他们聊着这段时间种田时遇到的事。

刘明远是客人，是被敬酒的中心人。他的酒量不大。尽管他一再推辞，但是在几个小时的喝酒时间里，还是喝得满脸通红，有点儿过量了。

有人问刘明远住在什么地方。他回答："住在宾馆。"

栾水长感觉面子上过不去，解释道"他回到了滨镇，也没提前说……一会就搬到家里住。"

"已经在宾馆住了，就别换地方了。"刘明远说。

栾水长说："那不行。把宾馆退了，回家住。"

"明远，你是客人，回到滨镇了，就得服从主人安排。"田少峰打着饱嗝说。

刘明远的旅行箱在宾馆，不住宾馆，也得去结账、拿旅行箱。林容芳和栾水长在酒席散后，开车陪着刘明远到宾馆结账、取东西。

乔连封坐上陶小军的轿车也跟着去了宾馆。

第六章

刘明远到宾馆结账时已经过了中午十二点，按照宾馆要求，过了十二点得多付半天住宿费。刘明远知道很多宾馆都是这样规定的，准备付款。

栾水长不同意多给半天住宿费。他认为刘明远回滨镇原本就不应该在宾馆住，如果再多付住宿费，传出去了，他多没面子。如果在外地，他也就同意付了，但是在滨镇，在家门口，就不同意付，付了就好像被人欺负了似的。如果必须付钱，得由他付，不能让刘明远付。

刘明远不同意由栾水长付住宿费。栾水长和刘明远争执着。

乔连封插话说："你们两个别争了，这么点儿小事，争什么争，我给我连襟打个电话，看他能不能处理一下。"

"让你连襟把昨天的一起免了。明远三十多年没回滨镇了，住一晚就别收钱了。"陶小军刚才喝酒时跟乔连封单独聊了一会儿天，知道乔连封的连襟是滨镇政府综合办公室副主任，应该有处理这件事的权力。

乔连封说："他不是镇长，只是办公室副主任，能不能办成这件事不一定。"

"镇政府办公室副主任权力也不小，处理这事，小菜一碟。"陶小军说。

乔连封说："副的，不是正的，如果是正的，能好办些。"

乔连封拨通了郭奇虎的手机。

郭奇虎跟乔连封是连襟，两个人感情好。乔连封找他办的事，只要他能办的基本都给办了。但是他没想到乔连封能为宾馆的住宿费找他。他认为这么点儿住宿费不值得找人办。他说："两天住宿费才多少钱，找人办还不够人情呢，自己付钱算了。"

“如果是我的，我就不找你了。”

郭奇虎说：“不是你的，你更不应该找我了。”

“不是这么回事。”

“那是怎么回事？”

“他是我以前的同事，离开滨镇三十多年了，多年没回来了，回来住宿能让他出钱吗？我们给他付钱，他不让。你跟宾馆说一说。算是滨镇政府照顾回家乡的外地人。”

“照你这么说，住宾馆不给钱，还挺有理由的。”

“去年咱们滨镇举办开发建设五十年庆祝节，不还邀请了天津、上海、北京等地的返城知青来了吗？那么多人，不全是镇政府承担费用吗？”

“那是名人，那是知青，他们为建设滨镇、开发北大荒做出过贡献。你这位同事为北大荒做出过什么贡献？他是名人吗？”

“差不多。”

“差不多是差多少？他叫什么名字？”

“刘明远。”

“你让他接电话。”

“让谁接电话？”乔连封没想到郭奇虎这么说。

“让刘明远接电话。”

“你认识他？”乔连封不知道郭奇虎是什么意思，郭奇虎想跟刘明远说什么。

郭奇虎催促说：“你把手机给刘明远，我跟他说话。”

乔连封从郭奇虎的语气中感觉到郭奇虎认识刘明远。他把目光转向刘明远，征求刘明远的意见，看刘明远是愿意接电话还是不愿意接。

刘明远在旁边听着乔连封跟郭奇虎通电话。他毕竟离开滨镇几十年了，平时跟这里的人没有什么交往，许多人和事都忘记了，想不起来郭奇虎这个人了。他接过乔连封的手机说："你好！"

"明远吗？"

"我是刘明远。"

"你还记得我吗？"

"不好意思，名字感觉有点儿熟悉，但是一时想不起来了。"

"初二时，我在咱们班最前排，比较瘦小。"

"初二……好像有印象。"刘明远努力回忆着，但是没想起来。不过，他相信郭奇虎是他的同学。

"听说你在上海混得不错？"

"什么混得不错，只是技术工人。"

"高级技术工人也非常厉害。"

"再厉害也是工人，也不能成为干部。"

"有很多以工代干的人，工资不少，待遇不少，权力还挺大。这儿的宾馆经理就是以工代干。"

"这种情况有。"

"听说你一个月工资好几万呢！"

"听谁说的？"

"现在信息这么发达，你在上海，又不是在国外，就算是在国外，有的也能知道。咱们滨镇有一个去加拿大的，每月挣十几万呢。"

“我可没那么多。”

“多了我也不要。因为咱们是同学，熟悉，所以比较关注你。”

“谢谢！”

“你住在宾馆？”

“昨天住了一夜，今天不住了。”

“你住着吧，住宿费用我来安排，你不用管了。”

“那不好吧？”

“同学回到家乡，这点儿费用在我能解决的情况时，应该给解决。”

“太麻烦你了。”

“不用客气。等我有机会去上海，也麻烦你。”

“到时住在我家。”

“你稍等，一会儿有人给宾馆工作人员打电话。”

“你的心意我领了，不用麻烦你了，我自己付钱就行，也不多。”刘明远原本就不想让别人付住宿费，听郭奇虎这么说，感觉欠下了郭奇虎很大的人情。他不愿意欠人情。不管郭奇虎以后去上海还是不去上海，不论郭奇虎是开玩笑还是随便说的，他都觉得不顺耳。他想结账，但是旁边的人都不同意。因为郭奇虎已经答应帮助解决了，人情已经欠下了，自己再付款就不好了。

服务员的手机响了，电话是宾馆经理打来的。经理叮嘱服务员不收刘明远的住宿费。

陶小军笑着说：“还是有人好办事。一个电话，住宿费不用付了。”

“太麻烦了。”刘明远没付住宿费，心情不但没轻松，反而有点儿沉重。他知道政府办公室有招待费，郭奇虎可以把他的住宿费放进招待费里，宾馆也可以免收，两种方式，哪种都可以轻松解决，不是麻烦事。关键是他想不起来郭奇虎是谁了，对这个人连印象都没有，就让给免住宿费，心里过意不去。如果他和郭奇虎的关系像跟陶小军、乔连封和田少峰这样，他也许不会有这种纠结心情，可能会坦然接受。不过这种纠结心情一会就过去了，毕竟不是他主动找郭奇虎办这件事的。他在努力回想上学时郭奇虎留下的印象。

陶小军和乔连封走出宾馆，没有去林容芳家。林容芳跟刘明远是亲戚。刘明远住在哪应该由林容芳安排，不便多参与。

乔连封问刘明远："晚上几点去饭店？"

“刚喝完，酒劲还没过去呢，别喝了。”刘明远说。

陶小军说："不是说好了吗，晚上我安排。"

“我还以为你忘了呢。”乔连封说。

陶小军说："我还没见到明远时，在电话里就说了，比田少峰说得还早呢。我大度，把中午让给田少峰了，晚上不能让给你。"

“我不跟你抢，明天我安排。”乔连封说。

刘明远说："你们的心意我领了，酒真不用喝了。"

“明远，兄弟感情，别说外话，你回到滨镇，回到少年、青年时生活过的地方，不请你吃饭怎么行。”陶小军说。

刘明远说："感情不一定非得是用吃饭方式表达。"

“民以食为天，吃饭是表达感情的最好方式。酒是友谊的桥梁。不喝酒，不吃饭，那还谈什么友谊和感情？”陶小军说。

刘明远看陶小军这么坚持，没再多说什么。

陶小军说：“你一走就是三十多年，这么多年没回来了，不让你酒足饭饱，我心里过意不去。如果你再过三十多年回来，我可能就从地球上消失了，进入你去的那片墓地了。”

“可别说这种话，咱们得长寿。你说在哪儿喝酒，我一定去，行了吧。”刘明远做出妥协地说。

陶小军称赞说：“这就对了。我是农民，不会虚伪，喜欢实实在在的。”

“我不实在呗！”刘明远笑着说。

陶小军说：“你不是不实在，而是太客气。你回来办理工作手续时，虽然我和你见面了，但是没请你吃饭。那时有点儿穷，没有经济条件。如果说是穷吧，还不完全是，喝酒钱还是有的。当时忙是一方面，主要那时太年轻，对感情看得没现在重。”

“你请我吃饭了。”

陶小军回想着说：“吃了吗？我怎么不记得呢？”

“在路边饭馆吃的面条。”

陶小军笑着说：“既然吃面条的事过去几十年了，你还记得，这次酒咋就不愿意喝呢？”

“不是不愿意喝，是你们挣钱不容易，有点儿浪费。”刘明远说。

陶小军一挥手说：“别说，别说了……你先去休息，过会儿，我给林容芳打电话，咱们到饭店再聊。”

“陶小军安排完，我就安排了。”乔连封上车时对刘明远说。

刘明远看着陶小军和乔连封开车离开，才上了林容芳的车。

林容芳家住在三楼，两室一厅，面积八十多平方米。五层的楼房，没安装电梯，也没有公摊面积。

滨镇属于边疆地区，交通不发达，外来人口少。因为农田面积是固定的，现在对外地迁入常住人口严格限制，几乎是只迁出、不迁入的人口管理方式。房屋升值空间不大，价格也低。

刘明远感觉这房子在上海应该是一百多平方米。

林容芳的女儿在松市读大学。她和栾水长住这么大的屋子，显得非常宽敞。她把刘明远和刘感恩安排在女儿的房间。

栾水长问刘明远："吃西瓜还是喝茶？"刘明远说："吃西瓜。"栾水长从厨房抱着一个二十多斤的西瓜到客厅，放在桌子上，切开，西瓜的红瓤露出来了。

刘感恩第一次看见这么大的西瓜，不由自主地说："这么大！"

"在上海没有这么大的西瓜吗？"栾水长拿起一块西瓜递给刘感恩说。

刘感恩说："有，但是我家没买过这么大的。"

"这里的西瓜非常甜。"林容芳对刘感恩说。

刘感恩看着西瓜没吃，看着刘明远。

刘明远说："你在姑家，可以放松点儿。"

"孩子让你管得太听话了。你不让吃，孩子就不吃。在姑家，不用听你爸的。你想吃什么都可以，不用拘束。"林容芳做出给刘感恩撑腰的态度说。

刘明远说："他叫你姑……时间不顶过，转眼一个轮回了。"

"可不是吗，我妈去世已经二十多年了，你离开滨镇三十多年了。咱们这个年龄的人，有的都当爷爷和奶奶了。”林容芳说。

刘明远说：“我来滨镇时才七八岁。”

“我记不清了。”林容芳比刘明远小几岁。刘明远刚到滨镇时的事她记不太清楚。

刘明远说：“转眼就老了。”

“你还行，不怎么显老。”栾水长说。

刘明远说：“工作时，忙起来感觉力不从心。”

“到了这个年龄，不能跟年轻时比……我都觉得干不动了。”栾水长说。

林容芳说：“我们现在不忙了，你多住些日子。”

“后天就走。”刘明远说。

林容芳说：“怎么这么着急？好不容易回来一趟，多住些日子。”

“我还得去远山村。”刘明远说。

林容芳说：“在那还有熟人吗？”

“我姨家的孩子在那，但是没联系过。即使站在面前，我也不认识了。”刘明远说。

林容芳说：“既然没有交往的人了，就别去了呗！”

刘明远看了一眼刘感恩，想说话，但是没说。

栾水长说：“年龄大了，是不是怀旧？”

“有这种感情。”

栾水长说：“我有时一个人躺在床上，就会情不自禁地想起少年和童年时经历过的事。”

“你那是闲的，干活干少了。如果累得上床就睡，就什么也不想了。”林容芳把手里的西瓜皮放在水果盘里说。

栾水长说：“就算我是闲的，哥还是闲的吗？你以后说话讲点儿理。”

“哥是哥，你是你，你别把自己跟哥扯在一起。哥离开滨镇几十年了，想回来看一看，是思念故乡、想念亲友。你连合江和煤城都没去过几次，像被圈的羊似的被圈在滨镇，有这种想法不正常。”林容芳说。

栾水长转过脸对刘明远说：“哥，你说她讲理吗？”

“你们两个经常这么说话吗？”刘明远笑着说。

栾水长说：“不是经常，是天天。”

“这就是生活。”刘明远认为在家里，两个人这么说话是一种交流方式，也是生活气息。他认为这种生活氛围挺好。

栾水长说：“你跟嫂子也这么说话吗？”

“我们各忙各的，不商量事时不怎么说话。”刘明远说。

栾水长说：“那挺好。”

“从明天开始，我跟你也不说话。”林容芳说。

栾水长不相信地笑着说：“你能管住你的嘴？我立马给你磕三个响头。”

“哥，你作证。我让他明天兑现承诺。”林容芳较真地说。

栾水长转移了话题，对刘明远说：“你睡会儿觉，休息休息，晚上还得去喝酒呢。”

“我想去稻田看一看。”刘明远说。

林容芳不解地问：“去稻田看什么？”

“孩子没看见过稻田，不知道稻田是什么样。我想让他知道米饭是怎么来的。”

林容芳说：“你这是带孩子回北大荒体验生活。”

“我认为让孩子多经历些事，看一看我生活过的地方，对我的经历有些了解，对他没有坏处。”刘明远说。

林容芳说：“你休息一会儿，明天去吧。”

“明天还有明天的事。现在有时间，咱们现在去吧。”刘明远做事不喜欢拖延，能马上做的就马上做。

林容芳问：“其他亲戚家你还去吗？”

“昨天到滨镇后，我都给他们打电话了……你帮我约他们，我在饭店请他们吃饭，一起聚，见个面，就不一家家走了。”

林容芳说：“明天中午还是晚上？”

“都行。”

林容芳说：“定在中午吧。现在不忙了，中午都有时间。如果定在晚上，晚上离家远的不方便。”

“怎么方便你就怎么安排。钱我出。”

林容芳说：“晚上我给他们打电话。”

栾水长看桌上还有三块西瓜，拿起来，递给刘感恩和刘明远，剩下一块自己吃了。

刘感恩说：“这里的西瓜比我们家的好吃。”

滨镇位于黑龙江省三江平原下游，地势平缓，土壤肥沃，适合种植西瓜。这里晴天多，日照充足，昼夜温差大，西瓜吸收的营养成分丰富，生长好。白天光合作用积累的有机物多，晚上时间较短，呼吸作用消耗的有机物少，西瓜里积累的有机物多，瓜瓤糖分浓，肉质松脆、细嫩多汁。这里的西瓜重八至二十多斤，属于大型西瓜。

刘明远在滨镇生活时，这里种西瓜的人家多。那时种西瓜比种大豆、玉米及小麦的收入多，并且西瓜卖出去，钱就到手了，挣钱快。在水稻种植全面推广后，种西瓜的人家就非常少了。西瓜不如水稻收入多，销售还受到时间约束。西瓜成熟时，正是这里最炎热季节，得抢时间销售西瓜，如果不及时销售就会烂在地里。

人们买西瓜时，有的是到西瓜地里现场挑选，有的是在街上。瓜农在街上卖的西瓜是当天摘的。

林容芳把西瓜皮放进垃圾袋里说："咱们现在就去稻田，让小朋友看一看生长中的水稻是什么样。"

刘明远对栾水长说："你膝盖有伤，就别去了。"

"开车去，不累。"栾水长说。

夕阳下沉，霞光装饰着天际。皮卡车在夕阳中快速行驶，路两边的白杨树把夕阳割成一条条光的丝带披在车上。

白杨树在往车后奔跑。

刘感恩看着车窗外的景色，好像产生了缥缈的感觉。他是第一次看见这么特别的风景，感觉这里的自然景物与城市的是那么不同。

广袤的稻田披上彩色的外衣。蛙鸣和虫儿的叫声从稻田里此起彼伏地传来。清爽的空气被吸入体内，降低了身体的温度，安慰了烦躁的情绪，让思维更加清晰。

这是北大荒夏季田园的风景。

这是宜人的风光。

人们辛苦劳作的痕迹被这种景致完全驱赶得没了痕迹或埋葬了。刘明远离开滨镇时，这里是以种植小麦、大豆及玉米等农作物为主，还没有大面积种植水稻。在他第一次知道这里开始大面积种植水稻时很是不解或不相信，心想，一直以种植旱田为主的农田，怎么可能种植水稻呢？种植水稻的农田完全不同于种植小麦、大豆及玉米等农作物的农田。种水稻用水田，种其他农作物用旱田，两种农田区别非常大。在他的记忆里，这里的农田不存水。雨季到来时，下过雨没多长时间，农田里就干了。就算是汛期到来，在松花江水暴涨的季节，也只有低洼处存有积水。人们是用什么方式把水存留在农田里的？又是怎么把旱田改成了水田的？这是存在他心中多年的疑问。

林容芳向刘明远讲述着稻田里的水是怎么来的。

水稻种植户每家都在稻田里打了深水井。一般井粗 0.2 米，井管是全塑料，或钢筋笼和塑料组成的。全塑料材质的井管比钢筋笼和塑料组成材质的耐用。滨镇邻近松花江，地势低，农田地下七米左右就出水。为了能多出水、出水量大并能持续出水，井的深度在二十五米到三十米。每台水泵七百块钱左右。每台电机两千块钱左右。打一口井的成本在三千块钱左右。每口井能满足十垧地的稻田用水。正常情况井的使用期限在八年左右。井使用时间久了，周边泥土会发生塌陷，产生淤泥，淤泥影响出水量或阻止出水。

春天土壤干，泡地时用水量大，需要连续多天抽水。平时每天每口井的出水量能保证三垧地的用水，连续几天抽水，稻田里的水就能饱和。稻田的水量饱和后，不用每天抽水。

每垧稻田产量在九吨左右。每吨稻谷售价在两千六百块钱左右。每垧稻田种植成本在两万块钱左右。

林容芳说："种水稻基本是这样。如果往细了讲，那就太多了。"

"水田比旱田多挣很多钱吧？"刘明远说。

栾水长说："水田比旱田挣钱多，也比旱田费工、麻烦。种水田用的机器也比旱田用的机器贵很多，并且还得雇用长工或短工。"

"不用长工、短工不行吗？"

栾水长说："农忙时不雇工，活根本干不过来。春季插秧，需要抢时间，耽误几天都不行。如果耽误了农时，影响了水稻灌浆，稻谷质量上不来，影响卖价。"

"我对种植水稻一窍不通，是外行。"

栾水长说："不用长工就得用短工，不雇人干肯定不行。不花钱就多受累，想少受累就得多花钱。想不花钱，还想不受累，那是不可能的。"

"你雇用几个长工？"

栾水长说："我种三十垧水稻用两个，一般是一个长工负责管理二十垧水稻。用一个干不过来，用两个费用有点儿高，这两个人在我这干好几年了，他们降点儿，我涨点儿，找一下平衡，这样地能管理得好，他们也不那么累，双方都满意。"

"地里的活长工全负责干吗？"

栾水长说："那不行。比如插秧时需要七八个人起早贪黑干，只让两个长工干可不行。长工主要是负责管理时期的活，从三月中旬到八月中旬，大约五个月。每垧地给长工一千五百到一千六百块钱。这次两个长工拿走了五万多块钱，还不包括平时吃饭、住宿等零碎花费。”

“你种的水稻面积是属于多的还是少的？”

“应该算是在中上。有种一百多垧地的，少的也在十垧地左右。种二十垧地左右的人家多。多有多的好处，少有少的好处。年头好，管理跟得上，地多挣钱就多。如果年头不好，管理得不好，赔钱时，地多赔钱也多。”

“赔钱时少。”

栾水长笑着说：“累死累活的，如果总赔钱，谁还种地。我去年就赔钱了，辛辛苦苦忙活了一年，本钱都没收回来。”

“今年补回来。”

刘明远知道滨镇的建设和人们生活水平的提高都跟种地收入密切相关。滨镇发展经济主要靠发展农业生产，也就是发展水稻种植。

生活水平和城镇建设的发展都是建立在经济基础上的。如果经济发展不好，其他方面的发展都无从谈起。

刘明远和林容芳沿着稻田边缓慢地走着。

栾水长膝盖疼，坐在水沟边的石头上看着在稻田边玩的刘感恩。

刘感恩去过上海周边的农村，看见过农田和庄稼，但是上海乡下的农田跟滨镇的农田不同，种植的庄稼也不一样。上海乡下的农田面积小，种植的多数是蔬菜和花卉，农作物非常少。他是第一次看见生长中的水稻，也是第一次看见这么大面积的稻田，他被无边的稻田吸引着。

他走到稻田边的水沟，看见水里有蝌蚪游动，便蹲下身，观察蝌蚪游动的姿势。沟边的土松软，他的双脚陷进了泥土里。他急忙往土硬的地方移了移，可鞋已经湿了。

刘明远和林容芳边走边聊，说着这些年生活中发生的变化，不知不觉就走了很远。晚霞已经悄然隐退。他们折返回到屋子前。

刘感恩的鞋不只是湿了，还沾上了泥。刘明远用墙边的铁锹刮掉了刘感恩鞋上的泥。刘明远给刘感恩带了备用鞋，但是鞋在旅行包里。

刘明远这次回滨镇的主要目的之一，就是想让刘感恩亲眼看一看北大荒的生活，了解他生活过的地方，感受北大荒跟大城市生活的区别。

刘感恩玩得非常开心，余兴未尽。刘明远看了一眼西边天空的夕阳，夕阳留下的是最后的背影。林容芳说："咱们回去吧。"

"小朋友，上车。"栾水长冲着刘感恩喊。

刘感恩听见从稻田里传来的蛙鸣声，问："这是青蛙的叫声吗？"

"是青蛙在叫。在城市听不到青蛙叫吧？"栾水长说。

刘感恩说："草都没有，哪能有青蛙。"

他们上了绿色皮卡车，返回滨镇。还没到滨镇时，林容芳就接到了陶小军打来的电话。陶小军告诉她吃饭的饭店。

刘明远说："酒劲还没过去呢，晚上得少喝点儿。"

“中午你喝得不多。”栾水长说。

刘明远说：“我的酒量不行。”

“你还能喝点儿。”栾水长说。

刘感恩看了看车窗外，转过脸对刘明远说：“爸，我没觉得北大荒有多荒凉呀！”

“以前叫北大荒。”

“现在呢？”

“现在叫北大仓。”

“什么意思？”

“你不是看见稻田了吗？”

“稻田跟北大荒和北大仓有什么关系呢？”

林容芳听刘明远和刘感恩父子两人一问一答的对话，笑着说：“哥，你还给孩子讲北大荒的生活呢？”

“让孩子了解我从前的生活经历，或许对他是一种教育和引导，能让他提前确定人生奋进的目标。”刘明远看着窗外说。

栾水长扭过头看了一眼刘感恩，问：“感觉北大荒不应该是这样？”

刘感恩点下头。

栾水长说：“你想看荒原？”

“荒原是什么样？”刘感恩说。

栾水长说：“明天开车拉你去松花江边，到了那里，你就能看见荒草地了，就能感受北大荒以前的样子。”

“咱们现在就去江边吧！”刘感恩兴奋地说。

第七章

天刚放亮，刘感恩就醒了，推了推旁边的刘明远。虽然刘明远昨晚睡得早，但是连续喝了两顿酒，体力下降，没休息好，感觉疲倦。他翻动了一下身体，没有起来，继续睡。刘感恩在床上躺了一会儿，觉得难受，不想躺在床上，穿上衣服去了客厅。

刘明远在刘感恩下床后，睁开眼睛，穿上衣服，走到客厅问："起这么早干什么？"

"不是说今天去松花江边吗？"

刘明远原本没有去松花江边的计划。栾水长说时他也没当真，以为栾水是随便说的。可刘感恩当真了。因为刘明远不知道栾水长是不是真想去松花江边，所以犹豫着。

栾水长有赖床的习惯。在不干活的日子，他醒了也不愿意早起。他听见客厅有说话声，知道刘明远和刘感恩起来了。他起床，走进客厅说："怎么不多睡一会儿？"

"感恩要去江边。"刘明远说。

栾水长说："去江边也不用起这么早。开车一会儿就到了。"

"现在去吧？"刘感恩急不可耐地说。

栾水长笑着说："别着急，吃过饭去。"

"还不饿呢。"刘感恩说。

林容芳走过来说："过一会儿就饿了。"

"不是一会儿就到了吗？"刘感恩说。

林容芳说："到了，不一定马上回来呀。"

“回来再吃饭呗。”刘感恩说。

林容芳笑着说：“你着急了？”

刘感恩腼腆地低下头，有点儿羞怯。

刘明远认为早点儿去江边可以早点儿回来。此时没有事，不去也是闲着，时间也浪费了，利用这个时间去江边正好。过会儿如果谁来找他或是他临时想去看望哪个人，就会改变去江边的时间安排。他不想让儿子错过去江边的机会，如果错过了，儿子会失望。他说：“现在去吧。”

“那就现在去。”林容芳开车上了主街，在早餐店买了几个热包子。

松花江在滨镇正南面。

林容芳开着皮卡车从滨镇南北主街往南开，大约行驶二十分钟到了防洪堤。

防洪堤是为了阻挡松花江水外溢修建的。在修建防洪堤之前，每年到了汛期，松花江水暴涨时，江水会漫延进农田里，严重影响生产。

在二十世纪七十年代中期，滨镇在上级主管部门支持下，从国内、国外购买了数十台先进的大型推土机、挖掘机等机械，成立了规模较大的水力公司，调配专业技术人员，精心规划，实地勘探，制订了修筑防洪堤的施工方案。

这项工程进行了近十年才完工。防洪堤高四米，上宽六米，下宽九米，近五十千米长。防洪堤如同荒原上的万里长城，把农田和村庄揽在怀里，防止松花江洪水侵扰。

过了防洪堤没有专门修的路。通往松花江边的路是由往来的车辆碾压和人踩出来的。路不宽，路面高低不平，弯弯曲曲地隐藏在野草丛中。

皮卡车行驶在路上，被两边茂密的野草遮挡得看不见车顶。

这片荒草地从防洪堤到松花江边有七八里宽，沿着松花江北岸，从西到东，绵延不断，与奔腾的江水为伴，如影随形。

如果说一眼望不到边的稻田对刘感恩产生了吸引力，那么这片荒草地让他大开眼界。此前，他看见过荒草地，但是没看见过这么辽阔的荒草地。他看到了北大荒的原始风貌。他的目光看着车窗外。

野草、柳树在车窗外一闪而过。

道路不只弯曲，路面还高低不平，即使车速不是太快，也产生了很大的颠簸感。因为道路弯曲，看不到前面的景观，只感觉是在野草中穿行。

接近松花江边时，就听见了江水奔腾的声音，还有水流动产生的凉爽气息。他们刚下车，还没顾得上看四周的风景，一群野鸭展翅从松花江的支流飞向了天空。

刘感恩没见过野鸭，看着天空中飞翔的野鸭群，好奇地问："爸，这是什么鸟？"

"这是野鸭。"

刘感恩问："你怎么知道的？"

"我在这里生活过很多年，不仅知道这是野鸭，还捡拾过野鸭蛋。"

刘感恩说："你在这地方生活时就有野鸭了？"

“这片荒原上还没有人居住时，就有野鸭了。”

刘感恩流露出吃惊的表情问：“你抓住过野鸭吗？”

“你爷爷抓住过小野鸭。”

刘感恩问：“养大了？”

“没养大就死了。”

刘感恩问：“怎么死了呢？”

“野鸭不适应圈养，很难养活。”

刘明远从远山村搬迁到滨镇后，在滨镇生活了十多年，直到二十多岁时才离开。那是他的少年和青年阶段，也是记忆力比较好的年龄段。

那段记忆已经刻在了他的心上。

奔腾的滔滔江水唤醒了他的回忆。在他知道这处荒草地和滨镇之前，先知道了松花江。他对松花江的了解比对这处荒草地和滨镇早。

他对松花江南北两岸人民的生活条件及状况都熟悉。

他在六七岁之前生活在远山村。远山村在合江市西北方向。那地方没有河，更没有江，甚至连溪水和水泡子也没有，只有连绵起伏的山峦。

那是座不到百户人家的山村。

村庄人口不多，农田面积少，人们收入微薄，生活比较贫穷。

他大伯父家的大堂兄，在他六岁还是七岁的那个深秋来到了远山村，接他和父亲去滨镇，让他家搬迁到滨镇定居。

当时的滨镇叫滨镇农场。

那时北大荒生产建设兵团管辖着一百多个国营农场。农场是县团级行政单位。从他记事起就知道姑母、叔叔家生活在松花江下游的国营农场。

那时他不知道这地方的名字叫滨镇，只是听父亲说国营农场生活条件好，干活的人叫工人，每月发工资，每月凭着供应粮本领粮领油，大人有大人的定量标准，孩子有孩子的定量标准。不像远山村干活的人叫农民，到年终根据村里收成好坏，折成每个劳动力每天多少钱，才知道能不能领到钱。那些年，远山村人的收入不多，每个劳动力每天只核算到几分钱。村里有几户人家的粮食不够吃，还到他家借过粮。有一年，父亲在村里一天不落地干了一年活，到了年终，不但没领到钱，反而欠下了村里的口粮钱。父亲经常跟他说起姑母和叔叔家。在他心里，姑母和叔叔家生活富裕，当时滨镇是让他充满幸福和希望的地方。

刘感恩望着江对岸问："江那边是什么地方？"

"江的南岸农村多。"

"你去过吗？"

"我在那住过。"

"你在那住过？"

"以前那里有亲戚。"

"谁家？"

"我大伯父家。"

"你大伯父？我应该怎么称呼他？"

"你应该叫爷爷。"

“那时你多大？”

“像你这么大。”

“这次咱们还去江那边吗？”

“不去了。”

“为什么？”

“没有去的意义了？”

“你不是在那边住过吗？不去看你大伯父了？”

“那边的亲戚已经搬走了。”

“你大伯父家也搬走了？”

“他去世好多年了。”

“你怎么知道他去世的？”

“听说的。”

林容芳对刘感恩说：“你对江南岸还挺好奇的。”

“姑，你去过江南岸吗？”刘感恩说。

林容芳说：“没有。”

“你怎么没去过呢？”刘感恩不解地问。

林容芳笑着说：“我没机会去。”

“什么意思？”刘感恩没明白林容芳话中的意思，转过脸看着刘明远。

刘明远没说话，目光投向奔流的江水。

刘感恩说：“爸，你是怎么去江对岸的？”

“坐船。”

刘感恩问：“大轮船吗？”

“坐轮船次数少，坐小渔船次数多。”

刘感恩没看见过渔船，好奇地问：“渔船很小吗？”

“不算大。”刘明远坐过多次渔船，但是不能准确地说出渔船是大还是小。

他第一次从江南岸到北岸的滨镇，就是坐渔船过的江。

那天堂兄是借一位渔民的船。说是渔民，也不完全是以捕鱼为生，只是在农闲时捕鱼，家里有捕鱼的网具和船。

当时一起过江的是三个大人和他一个小孩。为了防止在渡江过程中起大风，发生危险，他们是在天蒙蒙亮时开始渡江的。早晨江面上风力小，水流相对平稳。船头和船尾各有一对木桨，四只木桨可以同时使用，能两个人一起划，也可以一个人划。划船是一种技能，船上只有堂兄会划船。船在江水中走的是斜线路，这样能减少水流动产生的阻力。江面宽，路线长，船在江水中走了两个多小时才到岸。在过江时船渗水了，几个人用盆子往外泼水，不让船里存水。假如那天船渗水严重，下沉了，他们根本无法逃生。

刘明远对那次坐渔船渡松花江的经历记忆犹新，感触极大，人们为了生活，有时是冒着生命危险做事。

林容芳看了一眼天空，这时手机响了，她接听了电话。她替刘明远约了亲戚在饭馆吃中午饭，觉得时间到了，该回去了，转过身对刘明远说：“他们应该到了，咱们回去吧？”

“我还没玩够呢。”刘感恩不想走，立马插话说。

刘明远说：“你想看江，看见了，就行了。”

“哼！”刘感恩做出生气的样子。

栾水长笑着，用哄着的语气说：“小朋友，别生气，明天咱们再来。”

第八章

荒原人家饭店的老板跟林容芳是高中同学，林容芳请客吃饭基本都在这里。她照顾了同学的生意，同学也以优惠的价格招待她。

她开车直接到了饭店，有几位亲戚已经到了，还有几位没来。他们在刘明远没离开滨镇时跟刘明远家有来往，在刘明远离开后，基本没有交往了。不知道是因为多年没联系了，还是因为各自生活发生了变化，见面后彼此除了说些客套话，再没有别的话题了。

因为人多，你一言，他一语，不知不觉就到上菜时间了。

人到齐了，很热闹。

刘明远以为这些亲戚吃饭时能客气些，没想到他们吃饭吃得非常专注，注意力全在吃饭上。刘明远觉得这些亲戚不是来看他、来叙旧的，而是为吃饭来的。

刘明远很扫兴，没了跟他们说话的兴致，勉强陪着。

吃过饭，有的人就走了。刘明远也不想多占用时间，做出离开的样子。他们当中没有人约刘明远去家里做客，更没有人说请刘明远吃饭。刘明远目送他们离去的背影，心里有种说不上来的滋味。

他觉得亲情已经被时间和世俗淹没得没了踪影。

林容芳看刘明远不高兴了，有意让刘明远避开，便说：“哥，你有点儿累了，咱们回家吧。”

刘明远说：“我想去机械制造厂看一看。”

“多年前机械厂就不存在了。”林容芳说。她没去过机械制造厂，对机械制造厂没印象，只知道这个单位的名字。

刘明远知道机械制造厂被撤销了，也知道原厂地建起了住宅楼，但是还想去看看。

林容芳边开车边介绍着滨镇的变化。饭店离机械制造厂不远，一会儿就到了。

刘明远下了车，眼前是一片楼房，每座楼五层。他一点儿机械制造厂的痕迹也没有看见。

机械制造厂曾经是滨镇两大工厂之一。

那时在滨镇主要是粮油加工厂和机械制造厂两个大厂，他们是滨镇的龙头工厂。另外的建筑公司、水利公司等三五个工厂都是小工厂。

当时在滨镇想进机械制造厂和粮油加工厂是非常难办的事。家里有社会关系的第一选择是进粮油加工厂工作，第二是选择进机械制造厂工作。

刘明远虽然没有社会背景，但是有一位镇领导在他住的村庄工作过，那位领导认为他人品不错，在机械制造厂招工时，把他安排进了机械制造厂。

他在机械制造工作了一年多。这一年多的工作中让他开阔了眼界，也让他产生了忧虑。他进厂时厂里的效益挺好。但是很快效益就严重下滑了。机械制造厂效益的变化主要是跟产品单一有关。此前主要是以服务滨镇各单位为主。各单位把农田承包给个人后，机械维修由个人负责了，谁的维修费用低就找谁修。机械制造厂是集体制，经营方式不灵活，收费偏高，到机械制造厂维修机械的客户明显少了。

他预感在机械制造厂工作没有发展前景，决定离开滨镇，外出寻找发展机会。他离开后，有的工人到村庄承包了农田，有的离开工厂去做生意。机械制造厂勉强维持了几年，经营不下去了，政府就把厂子撤销了。

林容芳说："变化大吧？"

"几十年过去了，有的人都离世了，何况是一家工厂呢？"

林容芳说："粮油加工厂也没有了。"

"我听说了。"

栾水长说："这地方人少，离城市距离远，什么厂也办不起来，只适合种地。"

"这些楼没咱们家的高，没有什么好看的，咱们走吧？"刘感恩不理解刘明远的心情，也还存有离开松花江边不满意的情绪，不愿意看这些楼。他不明白这些楼为什么能吸引父亲的注意力。

栾水长说："小朋友着急了？"

"这里只是楼，也没什么好看的东西。"刘感恩说。

刘明远说："明天咱就离开这里了。以后你想看都没机会了。"

"明天非要走吗？"林容芳说。

刘明远说："得走。"

"好不容易回来一趟，再回来还不知道是什么时候呢，多住几天呗。"林容芳说。

刘明远说："没有那么多天的假期。"

“你还去远山？”

刘明远说：“既然回来了，就去看一看。”

“你把行程安排得太匆忙了。”栾水长说。

刘明远的手机响了，电话是徐冰川打来的。徐冰川去煤城办事了，中午没在一起吃饭。他说晚上请刘明远吃饭。刘明远经过中午的场面，对跟亲戚在一起吃饭没了兴致。他说：“中午酒喝多了，晚上不能喝了。”

林容芳说：“冰川可忙了。”

“他种的水稻面积大。”

林容芳说：“他自己不怎么干活，基本全是让雇工干。别人家的大事小情经常找他帮助办。他像外交官似的。”

“瞎忙。”刘明远不只是不赞成徐冰川这种处事方式，还有点儿反感。

第九章

刘明远领着刘感恩下了客车，充足的阳光照在身上觉得有些热，眼睛被阳光刺得有点儿睁不开，为了躲避阳光，他转移了视线角度。

8 月末晴朗的日子，北大荒中午气温在二十摄氏度左右。虽然温度不算太高，但是光线强。刘明远看着一起下车的乘客匆匆远去的背影，自己没想好往哪个方向走，有点儿茫然。身边有两条路，一条宽点儿的路，一条窄点儿的路，其他下车的乘客几乎全朝宽点儿的路走去。他知道自己沿着宽点儿的路走也可以，不会走错方向，但是他没马上走，而是掏出手机，看了一眼时间。

滨镇开往远山县城的客车是在早晨八点发的车，途经几个乡镇及合江市郊区地段，行驶了几个小时后，到达了远山县城。客车在远山县城停一夜，第二天早晨返回滨镇。从远山县城发往滨镇的客车是在早晨六点发车，到滨镇的时间是中午十二点。每天远山县城和滨镇是两辆客车对开。

从滨镇开往远山县城的客车，比远山县城开往滨镇的车，晚发车两个小时。在滨镇村庄居住的乘客，有的需要到客运站上车。村庄距离滨镇客运站路远，又是在早晨，如果发车时间早，想乘坐这趟客车的人就得早起。为给乘坐这趟车的乘客留有充裕的乘车准备时间，发车时间定在了八点。远山县城开往滨镇的客车是在县城发车，乘客多数是居住在县城附近，要么是沿途上车的乘客，发车时间早和晚对乘客乘车影响不大，发车时间定在六点钟。客车到达滨镇时，正是吃午饭时间。

这趟客运线路被远山县城一家个体运输公司承包了，经营管理方式比较灵活。

客车到滨镇和到远山县城时都不进客运站。在远山县城发车的地点也不在客运站。客车经营者设有固定的发车地点。在滨镇是从客运站发车。

客车在远山县城停的地方不是在主城区，有点儿偏僻，周围没有楼房，红砖瓦房也是多年前建的。刘明远看着陌生的四周，不知道去远山村的路线，也不知道有没有去远山村的客车。附近没有商铺，也没有行人，想问路都找不到人。

刘感恩问："咱们去哪儿？"

"找个地方吃饭。"刘明远说。过了吃午饭时间，他饿了。他认为刘感恩更应该饿了。他打算先吃饭，吃过饭再考虑去远山村的事。

刘感恩问："在这里没有亲戚吗？"

"没有。"

"没亲戚来这地方干什么？"

"想去远山村看看。"

"看什么？"

刘明远没说话，静静地看着前面的小路。他认为小路边能有小饭馆。但是他又不想到小路边的小饭馆吃饭。小饭馆位置偏僻，偏僻的小饭馆发生欺骗顾客的事情多。

刘感恩问："咱们到哪儿吃饭？"

"到饭店。"刘明远在客车驶进远山县城时，为了熟悉环境，透过车窗留意着街边的建筑。他看见前方车辆和行人比较多，猜测那地方是主城区或接近主城区。但是客车没行驶到人多的地段，提前转了弯，进入了这处平房区。

他领着刘感恩折返到主街上，朝着车辆和行人多的方向走。

刘明远是在六七岁时跟随父亲搬离远山村的。

那时公路的路况差，长途客车少，远山县城没有通往滨镇的长途客车。他跟随父亲是乘坐远山县城开往合江市的火车离开的。从那次走后，这是他第一次回远山县。

时光远行，岁月变迁，远山县城和他的人生一样发生了很大变化。

虽然远山县是国家级贫困县，但是经过数十年的建设，也发生了翻天覆地的变化。柏油路面的大街宽阔、平坦、笔直。街两边的楼房和商铺呈现着现代化气息。

刘明远领着刘感恩边走边观望街两边的饭馆、小吃店。以“店”为名的没有以“馆”为名的店铺多。或许“馆”更具有生活气息，乡土特色意味更浓。街边一家名为“黑土地”的小饭馆映入他的眼帘。这家小饭馆给他的第一印象不错，他便领着刘感恩朝饭馆走。

过了吃午饭时间，饭馆里没有顾客。一名年轻的女服务员和一名中年男厨师在闲聊。女服务员二十一二岁的年龄。男厨师四十岁左右。他们看有客人走来，停止了闲聊，不约而同地把目光投向门口。年轻女服务员站起身，迎上前问刘明远：“二位想吃什么？”

“西红柿炒鸡蛋、麻辣豆腐和两碗米饭。”

“不要别的了？”

“这就可以了。”

中年男厨师转身去厨房准备饭菜。

刘明远和刘感恩坐在饭桌前。不知道是白天的原因，还是饭店环境顺眼，刘感恩对这家饭馆的感觉不错，没有产生刚到滨镇晚上在饭店吃饭时的反感情绪。刘明远有意跟年轻的女服务员搭话，想在交谈中了解去远山村的路。

年轻的女服务员一米五几的个子，面容白净，偏瘦，性格开朗，健谈。她没听说过远山村，不知道去远山村的路，也不知道远山村通没通客车。

米饭是提前做好的。西红柿炒鸡蛋和麻辣豆腐做起来比较简单，中年男厨师不一会儿就把饭菜做好了，从厨房走出来。年轻的女服务员把饭菜端到刘明远面前的饭桌上，问中年男厨师："有远山村吗？"

"有。"

"我怎么没听说过呢。"

"你没去过乡下，在乡下又没亲友，还不怎么跟乡下人接触。那是座小村庄，在山脚下，离县城挺远。"

"他们准备去远山村。有车去远山村吗？"

"到这个时间了，还能有车吗？"中年男厨师说着把目光转向门外，观看天色，判断是不是还有车去远山村。

刘明远从中年男厨师的话语中猜测到有车去远山村，只是在这个时间不一定有车，接过话茬说："师傅，去远山村在哪坐车？"

"在客运站和街边都可以。"

刘明远问："客运站离这儿远吗？"

"从这里走去需用二十分钟左右。"中年男厨师看了一眼手机上的时间说。

刘明远问："有几趟车？"

"每天上午一趟，下午一趟。下午是三点半从县城发车，现在已经三点了，你们再到客运站……"中年男厨师认为刘明远赶不上去远山村的小客车了。

刘明远觉得如果不吃饭，立刻去客运站，应该能赶上开往远山村的小客车，但是到了远山村是晚上了，晚上住在哪呢？他在村庄里生活过，知道村里没有旅馆和饭店。他多年没跟远山村的人联系了，陌生得跟不认识一样，得考虑好住宿和吃饭的事。如果没有人接待他，不热情接待他，他就得返回县城。晚上没有返回县城的车，他怎么回县城呢？他看了一眼刘感恩。刘感恩饿了，又喜欢吃西红柿炒鸡蛋和米饭，吃得津津有味。他不想影响刘感恩吃饭，打消了立刻去客运站赶车的想法。既然不急着赶车了，时间就充裕了，心情也平稳了。他边吃饭边思量地说："如果坐出租车去远山村需要多少钱？"

"六七十块钱吧。"中年男厨师想了一下说。

"如果从四点钟包出租车到晚上七点钟，包车费需要多少？"

"按照一个来回的车费计算，差不多就能行。"

"不需要等车费吗？"

"这里经济不好，人们挣钱难，能省就省，使用出租车的人少，出租车的生意不好干。出租车不等你，可能也是空车跑回来。晚上出租车回到县城后挣的钱还不一定能有等你回来的钱多。"

刘明远决定乘出租车去远山村，但是没想好今天晚上是不是回县城。他得到远山村后，根据情况决定是住在村里，还是返回县城。

中年男厨师问："你是去远山村办事吗？"

"不办事。"

"不办事去那儿干什么？"

"看一看。"

"远山村只是座小山村，住家不多，也没什么特别景物，有什么好看的？"

"离开多年了，想看一看村里的变化。"

中年男厨师说："回来看望亲友？"

"怎么说呢？"

中年男厨师说："这个时间了，你去亲友家，今晚他们不可能让你回县城。晚上不回县城，就不用包出租车。出租车跑一趟顶多六七十块钱。不过，你得找人品好的出租车司机，防止车上的计价器被做了手脚。"

"骗人的司机多吗？"

"多不多不用说，肯定有这种出租车。你虽然在这生活过，但是多年没回来了，连路线都不知道了，防着点儿没坏处。"

"谢谢你提醒！"

"其实，你应该提前给亲友打电话，让他们到县城来接你。"

刘明远离开远山村已经几十年了，跟村里的人没有任何联系，不了解他们，他们也不了解他。他不能确定见面时会出现什么样情况，怎么可能让人来接呢？再说又能找谁来接呢？

年轻女服务员对中年男厨师说："你怎么对去远山村的路线这么熟悉？"

"我去那边山里打过猎。"

年轻女服务员说："现在还让进山打错？"

"现在连猎枪都上缴了，没猎枪，还打什么猎？我还是在十七八岁时去的。当时我家邻居在县人武部工作。他三十六七岁的年龄，工作悠闲，精力旺盛，有打猎爱好。他有一支双管猎枪，还养了一条黄白花毛的猎狗。他去打猎时，我有时候跟着去。"

年轻女服务员问："能打着吗？"

“当然能。”

年轻女服务员问：“打兔子吗？”

“能打到野鸡、山鹰和狍子。兔子是下套套或让猎狗抓。”中年男厨师提起当年到山里打猎的事，脸上流露出浅浅的笑容。

年轻女服务员说：“你可以偷着去打猎。”

“开什么国际玩笑，被抓住，轻者拘留、罚款，重者被判刑、坐牢。任何时候都不能把国家法律当儿戏，法律的底线绝对不能触碰。”中年男厨师说。

刘感恩吃饱了，放下筷子，目光在父亲、中年男厨师和年轻女服务员之间移动。他对大人说的话似懂非懂，有点儿好奇。

刘明远吃完饭没有马上离开。他认为乘坐出租车去远山村时间来得及。稍坐了一会儿，跟中年男厨师和年轻女服务员说了一会儿话，刘明远才离开饭馆。

刘感恩问：“咱们什么时间去那个村子？”

“现在。”

“不是没客车了吗？”

“坐出租车。”刘明远考虑过如果今天不去远山村，等到明天早晨去，明天下午返回县城的时间充足，但是从现在到明天早晨，这段时间在县城闲着没事做。明天去就耽误了半天时间。

乘坐出租车去远山村不只是行程方便，还节省时间，花钱也不算多。乘出租车去远山村，晚上不回县城可以，回县城也行，行程选择灵活。

距离十字街口不远处是远山县城最大的商场。几辆绿、黄颜色相间的出租车停在商场外的街边寻找客源。

刘明远领着刘感恩边往出租车司机跟前走，边仔细观察着聚集在一堆的出租车司机，以直观方式，从相貌上辨别他们的人品。

出租车司机有嘴里叼着烟的，有双手插在衣服兜的，有双手抱在胸前的。

出租车司机看见刘明远拿着旅行箱，领着一个小孩，凭借职业经验判断，走过来的是外地人。几名出租车司机一起朝刘明远迎过来，问刘明远用不用车。

刘明远跟陌生人交往不喜欢身材魁梧的，也不喜欢说话粗鲁的，更不喜欢带有奸诈表情的，喜欢语气柔和、面容温和的。他有意规避了几名第一感觉不好的司机，冲着一位五十多岁、个子不高、身材偏瘦的司机问："去远山村多少钱？"

"去那么远。"这名出租车司机很少去那么远的地方，用犹豫的目光看着刘明远，没有直接回答去还是不去。

刘明远从不勉强别人做事。他认为勉强做事多数做不好，彼此都不顺心。他认为乘坐出租车跟菜市场买菜一样，如果你愿意卖，我愿意买，双方愉快成交；如果你不愿意卖，我就不买了，没必要产生别别扭扭的心情。他找出租车时，没一点儿勉强的意思，只要出租车司机稍微犹豫，他就换另一辆。他语气严肃地问："不去吗？"

"去。"出租车司机看刘明远有点儿生气了，担心失去这次生意，急忙答应下来。

刘明远问："车费怎么计算？"

"还能怎么算，按照计价器上的实际里程数算。"

“别按照计价器算了。你说个实实在在的数。”

“包车？”

“不包。”

“不包车，按照计价器上的实际数算不正好吗？”

“我不习惯那么算。”

“还有这种偏好的人……九十块吧。”

“你真敢要。”

“多了？”

“你感觉呢？”

“那你说多少钱？”

“实际上应该六十块，这么着，我给你八十块。八十块你去就去，不去，我找别的车。”

“虽然八十块不多，但是看你是爽快人，就这么着吧，上车！”出租车司机先上了车。

刘明远拉开车的后门，先让刘感恩上了车。

第十章

屋里的老太太刚睡醒，感觉口渴了，正要下炕喝水，听见从院子外传来的说话声，坐在炕上朝院子外面看。

出租车司机递给刘明远一张名片说：“如果你回县城或去其他地方，想用车，可以给我打电话。”

“好的。”刘明远礼貌地朝出租车司机挥了下手，看着出租车开走。他一手拎着旅行箱，一手拉着刘感恩缓步往院子里走。

老太太看来人带着大箱子，领着孩子，知道是从远地方来的。她没有见过这两个人，认为是陌生人。

这是泥土房屋。

刘明远六七岁之前在远山村生活时，就是住这种屋子里。几十年后，这种房屋几乎没有了。

出租车驶进村庄时，刘明远仔细观察着村庄的变化，好像只有三两座这种房屋。其他房屋基本是砖瓦结构。即使不是砖瓦结构，也是翻盖后的新泥土房。

新泥土房是用石头打的地基，土坯做主墙体，屋顶上是瓦或草，建造成本比砖瓦房略微低。

在刘明远的记忆中，村庄里很多家是养狗的。有的狗非常凶猛，成年人也容易被狗咬伤。他防止被狗咬着，走得慢，警觉地看着院子里的东西。

他拉开房门，屋里比室外光线暗。有的狗在屋里，他迟疑了一下，看屋里没有狗，才走进去。

大灶台上并排着两口大黑铸铁锅。一小堆大豆秸秆放在灶坑旁边的墙角处。灶台上的东西放得有些凌乱。主屋有窗户，光线比厨房明亮。炕在主屋南侧，在窗户下面。炕从东到西连接着东西墙。老太太坐在炕上朝门口看着。

刘明远在出租车开进村庄时，打听了几位上了年纪的村民，村民告诉他任泽宏去世多年了，任泽宏的老婆在家。刘明远知道炕上坐着的老太太是谁，知道应该怎么称呼老太太，但是他没说话，一时无语了。

老太太没见过刘明远和刘感恩，看着眼前这一大一小两个陌生人，以为是走错了人家，愣了片刻问："你们找谁？"

"这是任泽宏家吧？"

"是，可他走了。"老太太叹息了一声。

刘明远明白老太婆话中的意思，沉默着。

老太太看着刘明远手中的旅行箱，还有身上的背包，确定这两个陌生人是从远道来的，便说："我是他老婆。你们从哪儿来？有什么事吗？"

刘明远想叫"姨"，但是没说出口。"姨"，这个熟悉的字，极为普通的称谓，在他心里多次出现过，但是，每次出现时不是产生温暖，而是带来凄凉及悲情。他对"姨"这个字，既熟悉，又陌生，很是纠结或是有着抵触与怨恨情绪。

他叫不出口。

老太太看刘明远不说话，不解地问："你怎么不说话呢？"

"我……我……"刘明远不知道应该怎么向老太太介绍自己。他觉得按照常理介绍是一种错误。

"你怎么了？"

"我是明远。"

老太太琢磨着这两个字说："明远？你是明远？"

"我是刘明远。"

老太太听见"刘明远"这三个字，脸上呈现出吃惊的表情。这个名字几十年来都存留在她心里。这个名字让她产生了自责和愧疚。她表情发生了变化，慢慢地说："你是刘明远……"

“我是刘明远。”

老太太不相信地说：“我不是做梦吧？”

“不是。”

“你怎么突然来了？”

“这……”刘明远来得确实突然，正如老太太说的，他怎么会突然来到这里呢？当然，他心里清楚，这次来是寻找童年的记忆，也是想让儿子了解他过去生活的地方和经历。

老太太皱皱巴巴的脸上流露出浅浅的笑，有点儿风趣地说：“你好像是从天上掉下来的。”

“我是从滨镇来。”刘明远为了能快速让老太太想起往事，有意提到了滨镇。他认为老太太应该知道滨镇。

老太太微微点了下头，如同在想着什么说：“嗯，你是从滨镇来的。听二小子说，你去上海很多年了，怎么是从滨镇来的呢？”

“我从上海先去的滨镇，又从滨镇到这儿的。”刘明远知道老太太的儿子叫二小子，也就是他的表弟。但是他想了一路，也没想起来这个表弟的大名叫什么。老太太说的是小名，不是大名。

老太太问：“你爸身体还好吗？”

“他不在了。”刘明远说这句话时心里酸酸的，转移了目光，看了一眼窗外。

老太太叹息地说：“他也走了啊……”

刘感恩听着父亲和老太太说的话，如同在听暗语，不明白父亲和老太太在说什么，也不知道父亲跟老太太是什么关系。他有点儿害怕，产生了紧张表情，用手拉了一下父亲的胳膊，想离开这间屋子。

刘明远转过目光看着儿子，没说话。他不能这么离开。这么离开，他不知道在远山村去谁家符合情理。他不能凭着个人感情行事，得按照情理做事。如果凭着个人感情处事，他就不来远山村了，就不来这间屋里了，更不会面对这位老太太。

老太太问："你爸走几年了？"

"五年多了。"

"他们都走了，我还活着……"

"你身体还好吧？"

"还行。小毛病有，大毛病没有。"

"二小子干什么呢？"

"种地呗！农民不种地，还能干什么？我给他打电话，让他过来。"老太太摸起放在身边的手机，拨通了二小子的电话。二小子接了电话，老太太说明远来了。

二小子没明白老太太话中的意思，也不知道老太太说的人是谁，一愣地问："谁来了？"

"明远来了。"

二小子还是没反应过来，又问："明远是谁？干什么的？"

"刘明远，你不知道吗？他是你姨家的表哥！你怎么连你表哥也不记得了？"老太太对儿子的反应有点儿恼火，说的声音大了。她认为儿子应该知道刘明远，不应该这么问，儿子的这种问话，增加了她对刘明远家的愧疚之情。

二小子解释说："不是我不记得，而是你没说清楚。他在哪儿？"

“在我这儿。”

“几个人？”

“两个。”

“我马上过来。”

刘明远没想到老太太这么大年龄了还会使用手机，更没想到思维这么清晰，声音这么清脆。他在老太太放下手机时问：“二小子住得离这儿远吗？”

“住在村西北角。”

刘感恩再次拉了一下刘明远的胳膊。刘明远看了一眼刘感恩。他知道刘感恩的想法，但是他不能满足刘感恩的想法和要求。

老太太问：“这是谁家的孩子？”

“我儿子。”

老太太惊讶地问：“你的孩子这么小吗？”

刘明远不愿意回答这种问话，也不愿意提到这个话题，这个话题能让他想起许多不愉快的生活往事。但是，许多不熟悉的人，在初次跟他见面时，都这么问过他。他听到这种问话时，心情如同北大荒冬季黑夜中冷峻的月光，明净中散发着寒气。他的目光移向了窗户。窗户跟他之间隔着炕，看不见窗外更远的地方，只能看见窗口的光线比屋里明亮。他好像在给失落的心情寻找逃避的地方或是想用空旷的距离化解心灵的伤痛。

老太太没感觉到刘明远表情的变化，还在按照自己的话题继续说：“前年，二小子当爷爷了……你比他大，你的儿子这么小……”

“人和人不能比。如果比，有的时候就不能活了。”刘明远收回了目光，语气有点儿低沉地说。

“你结婚很晚吧？”

“怎么说呢……”

老太太想了想说：“你们家从这儿搬走时，你好像还没有这孩子大呢？”

“我记不太清楚了。”刘明远记得非常清楚，但是没有照实说。虽然过去几十年了，但是他一直认为在远山村的那段生活是他心中的伤疤，有时还在隐隐作痛。

老太太问：“你还生我的气吗？”

“没有。”

老太太说：“你生我的气也没错。在你们家搬走后的那些年，我一直后悔当时没照顾你……你那么小，家里条件又是那么不好，一走就是这么多年……怎么说，你也是我亲外甥……我亲外甥……”

刘明远原本对老太太是有怨气的，没想到老太太能这么说，听老太太说这种愧疚的话，他再也忍不住委屈的泪水了，泪水从眼眶里唰唰地往下落，如同秋雨浸泡着皮肤和心灵的泥土，让动情的心在凄凉中跳动。

老太太也流下了眼泪。她的哭声微弱，身体有点儿抽动，扭过了脸，看了一眼东墙，哽咽地说：“你进屋说你叫明远，你没叫‘姨’，我就知道你还在生我的气。你生我的气是应该的。我不怪你。我确实没尽到当姨的责任。”

虽然刘明远极力想控制情绪，想让情绪平稳，可还是哭出了声，哭泣及伤感，让身体变得没有了力气，他用手扶着门框。

刘感恩不知道发生了什么事，让父亲哭了，哭得这么厉害，哭得这么伤心。他更不知道坐在炕上的老人跟他是什么关系，为什么老人也哭了。他童真的目光在父亲和坐在炕上的老人之间来回移动。他产生了害怕的心理，拉着刘明远的胳膊说："爸，别哭了，别哭了……"

"感恩，叫姨奶。"

刘感恩没听过个称呼。之前，父亲也没跟他说起过眼前这个老人。他看着父亲，又看着坐在炕上的老人，没说话。

刘明远意识到自己失态了，急忙从衣兜里掏出纸，擦掉脸上的泪水，控制住情绪。他不想让自己的情绪影响到儿子的心情。他了解童年时经历过一件重要的事，对人生的影响有多大。正因为他了解童年的记忆在人一生中的重要性，这次才坚持领着儿子回滨镇和远山村。他用商量的语气说："感恩，叫姨奶。"

"还是别叫了，我做得不好，孩子都不认。"老太太说。

刘感恩看看父亲，又看看坐在炕上的老太太，非常勉强地低声说："姨……姨奶。"

"这孩子……"老太太说。

院子里传来了摩托车的声音，随后是急促的脚步声。一位六十岁左右的男人走进屋。他一米七左右的个子，胖墩墩的，面色较黑。他进屋看了一眼刘明远，目光转向了坐在炕上的老太太，不解地问："妈，你怎么哭了？"

"这是你明远哥，你怎么不叫哥呢？"老太太没回答儿子的话，而是直接责备儿子没礼貌。

二小子看刘明远脸上有泪痕，不知发生了什么事，想问是怎么了，但是没问，而是说："明远哥，你搬走时我年龄小，记不起你小时候的样子了。"

"几十年过去了，我都想不起来村里谁家住在什么位置了。"刘明远在远山村生活时没怎么接触过二小子。在他童年的记忆里根本没有二小子的印象。

二小子在村里种农田，农闲季节有时候到县城打零工。因为年龄大了，没有一技之长，基本上是在建筑队给瓦匠当小工。他每天干十多个小时活，能挣一百多块钱。他看着刘感恩问："这是你孙子？"

"我儿子。"刘明远说。

二小子不好意思地说："你孩子这么小吗？你几个孩子？"

"就一个。"

二小子说："你结婚晚。大城市人结婚都晚。"

刘明远非常反感这种直来直去生硬的问话方式。这种问话让人无法回答，有些尴尬、不舒心。但是，这种说话方式在北方农村是普遍现象，还不能计较。

二小子说："听说你到上海很多年了。"

"有三十多年了。"刘明远说着把目光转向刘感恩。

刘感恩非常不想在屋里待，朝刘明远做着走的表情。

刘明远虽然明白刘感恩的想法，但是他找不到马上离开的适当理由。

二小子知道屋子太破旧了，不适合接待刘明远，便说："到我那儿吧？”

“好。”

二小子帮助刘明远拿着旅行箱往屋外走。

刘明远对刘感恩说：“跟姨奶说再见。”

刘感恩挥了一下小手说：“姨奶……”他的声音非常小，后面的几个字几乎是没说出口。

刘明远跟在二小子身后边走边问：“家里几口人？”

“儿子结婚后，出去单过了，只有我们老两口。”

“孩子也住在本村吗？”

“他学习不好，初中没读完就不读了，又没手艺，不在村里，还能去哪儿？”

“村里的生活比城市生活压力小。在本村挺好，相互能照应到。”

“真如你说的这样。别说是生活在大城市了，就是在远山县城，如果工人下岗了，找不到活干，吃饭都成问题。”

二小子是骑摩托车来的。

这是辆红色新大洲本田摩托车。正常情况后座载一位大人，因为刘感恩是小孩，身体小，重量轻，可以载两人。但是旅行箱放不上。

刘明远知道距离不远，让二小子骑摩托车，他和刘感恩步行。

二小子没骑摩托车。他说边走边说话挺好。

刘明远提起了马三，想知道马三现在的生活情况。二小子说早晨在村口还遇到马三了。马三当时去巡山了。刘明远说：“巡山？”

“他是村里的护林员，工作职责就是巡山。”

“现在不让砍伐树木了？”

“早就不让砍伐了，只能捡拾死树。村民上山捡拾枯死的树，也得向马三申请。”

“以前没人管，随便砍伐。”

“你在这里时？那是多少年前的事了。”

“不让砍树，盖房子用木料怎么办？”

“到林业公司买。每年林业公司定量砍伐一些树，然后补栽些树苗。”

“马三几点回来？”

“没有固定时间。他根据巡山情况自己决定回来的时间。如果他在山上转悠的时间长，回来得就晚。如果不想转悠了，随时都可以回来。”

二小子看了一眼天色，判断马三巡山是否回来了。马三巡山一般是早晨去山上，下午回家。有时他是从北山转悠到东山，有时是从东山转悠到北山。他巡山时用保温饭盒带中午饭，全天在山路上。他经常是在夕阳下落时往回返，天近黑时到家。二小子说：“晚上咱们去马三家。”

“晚上我准备回县城。”

“怎么刚到就想走呢！这不行。家里吃住都没问题，今晚不能回县城。”

刘明远不知道二小子家住的是新房子还是旧房子，如果是旧房子，刘感恩肯定不愿意住。

他也不愿意住这种老屋。只是他有控制力，在特殊环境可以将就和忍耐，而刘感恩是小孩子，没有控制力，不愿意将就。

马三骑着黑色的马从村西往东走。他刚巡山回来，在山路上走了一天，可能是马累了，走得缓慢。他也乏倦了，无精打采的。马和人都显出疲惫的样子。他朝二小子挥了一下马鞭，做着打招呼的姿势，没有停下的意思，继续往前走。

二小子大声喊："下马！"

"我去赶羊。"

二小子呵斥地说："让你下来！没听懂吗？"

"我去赶羊。"马三以为二小子跟他开玩笑。

二小子说："赶羊着什么急。下马！"

"什么事？"马三勒住缰绳，调转马头，不解地看着二小子。

"下马再说。"

"我还得去赶羊呢。"

"谁还能去偷你的羊？"

"我还得回家做饭呢。"

"才几点就做饭，太阳还没落山呢。"二小子忽略了马三媳妇中午不能做饭，更忘记了马三媳妇在马三不在家时中午有时候不吃饭的事。

"有事就说呗。"

"你骑在马上，高高在上的样子，我怎么说？"

"我是堵住你的嘴了，还是不让你说话了，有事说事，没事我走了。"

二小子说："你认识他吗？"

"好像是从大城市来的，来找你，又不是找我，我怎么能认识？"

马三看了一眼刘明远说。

二小子说："再仔细看一看。"

"不认识就是不认识。我说认识，人家也不承认。"马三确定不认识刘明远。

二小子转过脸问刘明远："你还能认出他吗？"

刘明远在二小子跟马三说话时，仔细看着马三，想在马三身上寻找到童年时的记忆。

马三骑在马上，看不出身高，个子大约一米八，身材偏瘦，牛仔帽遮挡住了眼睛，穿着一套迷彩服，如同西部牛仔。

刘明远是在六七岁时跟随父亲从远山村搬走的。马三跟他年龄相仿。当时马三比他个子高。几十年过去了，小时候的模样一点儿也没有了，完全是陌生面孔，怎么可能认得出来呢。他说："完全是陌生人了。"

"二小子，这位客人是从哪儿来的？"马三用握着马鞭的手往上推了推头上的棕色牛仔帽，马在原地移动了几步，调换了位置。

二小子说："上海。"

"你怎么不说是从美国和日本来的呢？"

"你不信？"

"当然不信。"

"真的。"

"你就蒙我吧。"

"蒙你干什么，真是从上海来的。"

"行，你在上海还有熟人。假如我在上海有认识的人，就不在这破地方待了。”

“不在这儿，你去哪儿？”

“认识美国的去美国，认识日本的去日本，认识上海的去上海。”

“去旅游？”

“我哪有钱旅游，如果花钱去那些地方旅游，还不如在北山转悠呢。城市空气污染严重，咱们这里空气多好。”

“那你去干什么？”

“去打工。”

“你学没上几年，字认识没几个，去大城市能干什么？”

“我也不想找好工作，去扫厕所、扫大街就行。听说在大城市扫大街、看厕所，每月也能挣不少钱。”

“既然你想去大城市扫大街、看厕所，还不赶快下马。你眼前这位客人就能满足你扫大街、看厕所的心愿。”

“二小子，今天你是抽风了，还是酒喝多了，怎么忽悠起我来了？不跟你啰唆了，我走了。”马三觉得二小子说的话是在瞎扯，不想说下去了。他急着赶羊，然后回家给媳妇做饭。他一抖马的缰绳，调转了马头。

二小子说：“你记得明远吗？”

“哪个明远？”马三回过头问。

“刘明远。就是以前你家的邻居。”

“他家跟你家不是亲戚吗？”

“没错。”

“他怎么了？”

“你看眼前这个人是谁？”

“他跟刘明远有关系吗？”

二小子笑着说：“他就是明远。”

“不会吧？”

“为什么不会？”

“刘明远跟我的年龄差不多，不应该这么年轻。”

“每个人还都能像你这么老吗？”

“那倒不是。”

“生活环境不一样，人老的速度也不同。”

“这倒是。”

刘明远接过话茬说：“如果你是马三，我就是刘明远。”

马三调转马头，迅速从马背上跳下来，站在刘明远面前。他伸出手想握手，又把手收了回去。他手上有汗，没洗手，担心刘明远嫌弃。

刘明远是一米七八的个子。马三比他个子高。他感觉马三的个子在一米八二左右。他说：“你骑这么好的马，日子过得不错吧？”

“马是用来干活的，跟过日子好和坏无关。”马三说。

二小子同情地说：“他媳妇瘫痪在炕上好多年了，生活不能自理……没办法。”

“二小子和其他亲友没少帮我。”

“也没帮上什么忙。”

刘明远得知马三的媳妇长年瘫痪在炕上，生活不能自理，就能想到家中的生活条件是什么样。别说是在农村家里人得大病了，就是在城市里得了大病，失去了劳动能力，需要照顾时，日子也不好过。他说："天快黑了，你去赶羊吧。"

"晚上到我家喝酒。"马三说。

刘明远说："你就别麻烦了。刚才我还说准备回县城呢。"

"你刚到就走，啥意思？咋的，瞧不起咱农村呀？不会吧？如果瞧不起咱这里，你也不能回来。你回来了，证明心里还有咱们。晚上喝酒、叙旧。"马三的语气没有商量余地，要求刘明远按照他说的做。

刘明远说："我不想给你们增加麻烦。"

"你回来了，我们高兴，咋还扯上麻烦了？"

二小子说："他刚才说要回县城，我没同意。"

"没同意就对了。今晚如果你同意让他走，我就跟你急眼儿。你看着他，说什么也不能让他今晚走。他刚来就走，是你不招待，还是我不招待，这不只是让咱丢面子的事，从情理上也说不过去。"马三给二小子下了命令，布置了看管刘明远的任务。

二小子说："肯定不让他走。"

"我去赶羊，回头到我家喝酒。"马三跳上马背，一抖缰绳，挥动了几下马鞭，黑色骏马扬起四蹄朝村东方向跑去。

刘明远看着马三远去的背影问："他媳妇是怎么瘫痪的？"

"从小就有点儿残疾。生孩子之前，生活能自理，能做家务活。不知是怎么了，生过孩子后就瘫痪了。"

"护林员在这儿应该是好活了。"

"当然了。在这穷山村里，到哪儿找这么好的活。他媳妇瘫痪多年了，村里照顾他。他弟弟也在村委会办公室上班，要么护林员的活轮不到他。”

“村里给发工资吗？”

“工资是林业公司发。原本护林员应该是林业公司的正式职工，因为林业公司离这儿距离远，巡山耽误时间，不方便及时处理山上突发事情。上级政府规定必须在离山最近的村庄有一名或多名护林员。林业公司让正式工人搬到远山村来住，没人来。林业公司跟村里协商，由村委会安排一名护林员。护林员的工资由林业公司发。”

“马三是接受林业公司和村委会双重管理。”

“村委会和林业公司都可以管他。这样也好，只要他按时巡山，山上不发生特别情况，林业公司和村委会都不管他。”

刘明远回过头朝村东方向看了一眼。他知道马三去赶羊的地方。那地方勾起了他的回忆。

那时他家住在村东头。在村东头有一片荒草地。那处荒草地面积不大，草不高，村里有些人家盖房子时，在那里制作土坯。那里有大小不同的泥坑。他经常领着狗在那儿玩。

他家跟马三家是邻居。马三兄弟四人，马三排行第三，小名叫马三。马三的母亲的一位亲戚跟二小子的父亲是姨表弟，拐了几个弯，马三叫刘明远的父亲是舅。这层亲戚关系是在刘明远家搬迁到滨镇后，刘明远才听父亲说起的。那时他经常跟马三在一起玩，几乎没见过二小子。他跟马三的感情比跟二小子深。

二小子边走边向刘明远讲述着马三家的生活情况。

马三的父母是村里的农民，家里孩子多，经济条件不好，孩子想读书就读，不喜欢读书就不读。马三和两个哥哥都不喜欢读书。他们兄弟三人小学没毕业就不上学了。马三只读到四年级。马三的弟弟和妹妹是初中毕业。弟弟是村里的治安主任。妹妹嫁给了县城饼干厂的技术员。他大哥倒插门去了吉林省。他二哥年轻时没娶到媳妇，中年时跟一个带两个孩子的寡妇结了婚。寡妇的孩子跟他二哥相处得不好，经常闹矛盾。寡妇跟他二哥在一起生活了几年，孩子长大了，寡妇搬到县城南的村子了。

马三的媳妇是九村村委会主任的女儿。

马三的媳妇得过小儿麻痹症，嫁给马三时还能走路，生活能自理，生完孩子就瘫痪了。孩子一岁多时，马三把孩子交给老丈人家照看，他带着媳妇去松市、北京、天津等地的大医院治病。他钱花了不少，但是媳妇的病没治好。马三的老丈人家对他非常好。

刘明远说："他对媳妇好，老丈人家肯定对他好。"

"也得说他老丈人家开明，毕竟当过村委会主任。如果遇到不开明的，认为对媳妇好是应该的，那样也不好相处。"

刘明远说："没有老丈人跟女婿相处这么好的吧？"

"别的地方咱不了解，不能肯定。在远山村肯定没有。马三绝对是第一位的，也是榜样。"二小子的语气中流露着对马三的佩服。

刘明远问："马三的孩子多大了？"

"在松市读研究生。他可真是摊上个好孩子。"二小子提到马三的孩子，脸上流露出羡慕的表情。

刘明远说："这地方能出个研究生不容易。"

“孩子小的时候，常年住在马三的老丈人家，只有在放假和逢年过节时才回来。马三的小舅子挺厉害。那孩子可能是受到了马三小舅子的影响。”

刘明远问：“他小舅子是干什么的？”

“松市大学的老师，现在好像是教授了。马三摊上个好老丈人家。那家人通情达理，善解人意，不计较马三家穷，要么他这辈子可能连媳妇都娶不到。”

刘明远问：“村里娶不到媳妇的人多吗？”

“啥叫多，啥叫少，有几个五十多岁的还没有娶到媳妇。”

刘明远说：“这个年龄还没结婚，就难办了。”

“到了这个年龄，就没有女人嫁了。”

刘明远说：“娶不到媳妇的主要原因是穷吗？”

“也不只是穷。远山村这么偏僻，交通不便利，同样条件，姑娘愿意去别的地方，也不愿意来这儿。别说外地姑娘不愿意来了，就是本村的姑娘、小伙，还想办法往外走呢。”

二小子家的院子是从路边到房子跟前。

这种院落是北大荒农村普遍结构。院子面积大，可以把农用物资存放在院子里，利于保管，防止丢失。院落是水泥地面，过了夏收，还没到秋收季节，院子里只有一小堆麦子和一些杂物。一台四轮农用车停在院子西侧。院子里显得宽敞。

房子是三间泥土房。

二小子的房子跟他母亲住的房子不同。他母亲住的房子是远山村第一代泥土房屋，是用草辫做主墙，屋里没有顶棚。那种房子是远山村最旧的房子，现在全村没有几座了。二小子住的是远山村第二代房屋。这种房屋是用石头打地基、土坯做墙，屋里有顶棚。这种房屋在村里占多半数量。

二小子拉开房门，闪到旁边，让刘明远和刘感恩先进屋。

两个女人在屋里聊天。一个女人五十岁左右，一个二十左右。二十岁左右的女人是二小子的儿媳妇。五十岁左右的女人是二小子的老婆严敏彤。

严敏彤不认识刘明远，儿媳妇更不知道刘明远了。她们俩不知道客人是从何处来的，站起身，等二小子做介绍。

二小子对严敏彤说："明远哥，从上海来。"

"嗯。"严敏彤一时没反应过来，听二小子这么说，迟疑了一下，拘谨地应声。

二小子对刘明远说："我媳妇。"

"挺年轻。"刘明远夸赞地说。

严敏彤说："农民，风吹日晒的，年轻啥。"

二小子向刘明远介绍年轻女人说："这是儿媳妇。"

"时间真快……咱们老了。"刘明远立刻感觉到自己的辈分被推高了，进入了老年人行列。

二小子对儿媳妇说："你应该叫大爷，叫小朋友为弟弟。"

年轻女子点着头。

二小子说："儿子和几个人结伴去大连了，得过些天才能回来。"

"这次遇不上了。"刘明远用遗憾的语气说。

二小子说："你多住些日子，等他回来再走。"

“那不行。”

二小子知道刘明远来得突然，严敏彤没反应过来，为了给严敏彤留出适应时间，他领着刘明远和刘感恩去了西屋。西屋没住人，有点儿阴凉。炕上没有被子，放着些杂物。他把杂物搬走，用抹布擦了一遍炕，抱来被子说：“我烧烧炕。”

“天气不冷，不用烧。”刘明远说。

二小子说：“没睡人，炕返凉，对身体不好。”

刘明远在北大荒农村生活过，了解这里的生活环境，只有在夏季的 7 月初到 8 月中旬这段天气最炎热的日子才可以睡凉炕，其余日子不能睡凉炕。炕是用土坯或砖搭的，储存热量效果好，凉得慢，保温时间长。

二小子到院子里抱着大豆秸秆进了屋。大豆秸秆和玉米秸秆是北大荒农村做饭时用的主要柴火。每年秋收时储存的大豆秸秆和玉米秸秆能烧到第二年秋天。偶尔也用树枝烧火做饭。树枝少，平时做饭使用的次数不多。二小子说：“很多年没睡炕了吧？”

“应该有三十多年了。”

二小子说：“村里有几家也睡床。我觉得在农村睡床不伦不类的，也睡不习惯。夏季睡床还行，冬季那么冷，如果睡床，屋里的温度就得偏高。睡炕，屋里温度就不用太高，哪怕屋里冷点儿，被子厚点儿，炕是热的，也不影响睡觉。”

“睡炕挺好。”

二小子说：“我觉得睡炕比睡床解乏。”

门开了，马三走进屋，看见二小子在烧炕，说：“明远在城市生活了那么多年，睡床睡习惯了，猛然睡炕，能睡着吗？”

“我没有床。”二小子说。

马三在屋里踱着步说：“我有张临时单人床，要么到我那睡或是把床搬来？”

“搬床麻烦，到你那睡不方便，在我这儿将就着睡吧。”二小子说。

马三说：“委屈明远了。”

刘明远说：“睡炕睡床都行，只要有地方睡就行。”

“到我那儿喝酒吧？”马三说。

二小子立刻接过话茬说：“今晚在这儿，你做主陪。”

“我跟明远小时候几乎天天在一起玩，形影不离，像亲兄弟似的，还是到我那儿吧。”

二小子说：“你的意思是我跟明远关系远呗！”

“我缺心眼咋的？这么想，你们是表兄弟，比我近多了。”马三说。

二小子以前不知道马三跟刘明远的感情这么好，不知道刘明远对马三的感情比对他深，现在凭借感觉，知道刘明远为什么见面就问起马三的原因了。他意识到用亲戚关系证明刘明远今晚在他这儿吃饭有点儿不妥当，急忙改口说：“这个因素可以放弃，不用考虑，但是我比你先看见明远的，这是事实吧？遵守先来后到的原则，今晚也应该在这儿。”

“那好，明天中午到我那儿。”

二小子说：“今天还没过去呢，明天再说明天的，先把今晚的酒喝好。”

“那可不行，现在就得把这事定下来，要么过一会儿，没准谁又来请了。”马三说。

刘明远说：“我既不是领导，又不是大款，没有被请的价值。”

“你这话说得不对，大款和领导来了，我还真不请。一是人家跟我没关系，二是人家瞧不上我。你搬走几十年了，为什么回来？还不是因为小时候在这里生活过，对这里有感情？请你吃饭喝酒，因为感情在这儿放着呢，跟大款和领导没丝毫关系。”马三说。

刘明远在远山村生活时，二小子的母亲不怎么跟刘明远家来往，不关心刘明远。他几乎不去二小子家。二小子的母亲留给他的印象还不如邻居好呢。他没想到二小子能对他这么热情，更没想到二小子的母亲看见他时会落泪。

二小子在刘明远和马三说话时去了东屋。他跟严敏彤简单地说了跟刘明远的亲戚关系。严敏彤知道有这么家亲戚，但是印象不深，从内心对刘明远热情不起来。二小子让严敏彤做饭。

他的儿媳腼腆，见到生人害羞，不喜欢人多的场合，便回自己家了。

严敏彤去菜园里摘菜。

二小子让马三陪着刘明远，他去商店买酒和肉。他边走边给几位关系好、交往密切的亲友打电话，约他们晚上来陪刘明远喝酒。

刘明远走到厨房对严敏彤说：“不用太麻烦，简单点儿就行。”

“咱农村，离城里远，除了菜园里的菜，也没什么可做的。”严敏彤说。

刘明远说："这就挺好。"

"明远家搬走时，你还没出生吧？"马三对严敏彤说。

严敏彤说："你怎么说话呢？我怎么能没出生呢？"

"你理解错了，别生气，你不是比二小子的年龄小吗？二小子当时才几岁。"马三解释说。

严敏彤问："哪年搬走的？"

"1973 年还是 1974 年……不过，肯定是在 1975 年之前搬走的。"刘明远记不清楚具体是哪年搬走的了。

严敏彤说："我应该刚会走路。"

"现在你孙子都会走路了。"马三说。

严敏彤叹息了一声说："人这辈子，过得可真快。就跟地里的庄稼似的，一茬一茬地换。"

二小子拎着酒、肉及其他下酒菜回来了。

不一会儿，他家来了几个中年男人。

他们没有认出刘明远。刘明远也没有认出他们。他们的年龄跟刘明远相仿。刘明远在远山村生活时，跟其中有的人在一起玩过。

二小子约他们来喝酒，一是热闹；二是当地谁家来了客人，在喝酒时有请人陪酒的习惯。他们请二小子陪客人喝过酒，二小子也请他们，彼此相互还着人情，密切了联系，夯实了友情。

二小子给刘明远和这几个人相互做了介绍。

有的人刘明远想起来了，有的人则没想起来。这几个人小时候都听父母说起过刘明远家搬走的事。

刘明远相信他们知道他家的事。他家在远山村属于特殊家庭，又是搬到了滨镇,这两种因素足够引起远山村人的关注。

马三回家给媳妇做饭去了。他说媳妇吃完饭,他马上过来。

刘感恩想去厕所。

二小子准备领刘感恩去厕所。刘明远让二小子在屋里陪人聊天,他领刘感恩去厕所。二小子和刘明远一起走出屋,站在门口,抬起右手指着进菜园门的方向说:“厕所在菜园里面。”

刘明远领着刘感恩从房西头进入菜园。天黑,隐约可以看见菜园里的小路。他看见在西北角有个小棚子,凭感觉判断那是厕所。他打开手机的手电筒照亮。

刘感恩走进厕所,立刻出来了。他是第一次看见这种厕所,隐约看见了茅坑里的粪便,感觉恶心,在厕所旁边撒了尿说:“真脏,想吐。”

“农村的厕所都这样。”

“太脏了。”

“这里的人已经习惯了这种生活方式。”

“厕所里的粪便满了怎么办?”

“当成肥料种菜、种庄稼。”

“用厕所里的粪便种菜、种庄稼?”

“这地方都这样。”

“那还能吃吗?”刘感恩第一次听说粪便跟庄稼跟菜有这种联系,突然不想吃饭、不想吃菜了。

饭做好了,马三还没来。屋里人抽着烟,聊着天,自然而然地说到了马三家的事。他们佩服马三无微不至照顾媳妇的做法,夸奖马三的女儿学习成绩好、读研究生，更羡慕马三遇到了善解人意的老丈人家。

二小子说："我去叫马三。"

"我跟你一起去。"刘明远说。

二小子说："夜黑，没路灯，你走黑路不习惯，别去了。"

"走夜路没问题。"

二小子走到八仙桌前，拉开抽屉，拿出手电筒。他在黑夜中走路习惯了，对村里的路熟悉，平时走夜路不用手电筒。他认为刘明远是从大城市来的，城市街上有路灯，不习惯在漆黑中走路。他拿着手电筒在前面照亮。刘明远领着刘感恩跟在后面。

马三的媳妇刚吃完饭，把筷子递到了马三手里时，院子里的狗就狂叫起来。马三快步走到院子里，借着从窗户透出的灯光朝院外看。

刘明远对二小子说："进村后，第一次听见狗叫。"

"村里只有他家还养狗。"

马三冲着狗叫的方向喊了两声"大青、大青"，狗立刻停止了叫声。四周安静了，脚步声从黑夜中传来。马三听见了二小子和刘明远的说话声。

马三说："不用来叫，我忙完就去了。"

"忙完没？"二小子问。

"我把碗捡了，咱就走。"马三说着转身快步走回屋里。

二小子、刘明远和刘感恩跟着走进屋。可能是为了节省电费，使用的灯泡瓦数小，亮度低，屋里较暗。二小子对坐在炕上的马三媳妇开玩笑说："三儿对你好吗？"

"好！"

"幸福吗？"

"幸福！"

二小子说："不是所有男人对媳妇都像三儿对你这样好。"

"世上没几个男人对待自己的媳妇会像三儿对我这样好。"

"你还挺知足的。"

"知足者常乐。"

二小子说："这个人你认识吗？"

"三儿今天回来一进屋，就跟我说他有一位几十年没见面的发小回来了……平时，他很少这么高兴。"

刘明远看不清楚马三媳妇的面容。他对马三媳妇说："你很乐观，精神状态也好。"

"乐观是过，悲观也是过，为什么不让自己心情好点儿呢？如果我心情不好，就会影响其他人的心情。别说他们照顾我了，就算是不照顾我，我也不能影响他们的心情。"马三媳妇的性格开朗、豁达。

马三知道大家都在等他，不想让大家等的时间过长，延误了喝酒时间，影响到喝酒的兴致。他把碗、盘子、筷子放到锅里，用水泡上，没洗刷，就说："咱们走。"

"你心情这么好，别一高兴喝醉了。"马三媳妇叮嘱说。

马三关上房门，把灯光和媳妇关在屋里。那是他幸福生活的根据地，更是对未来生活充满信心的动力之源。

二小子说："你媳妇还管你喝酒吗？"

“不管。她知道我不贪杯。刚才可能因为知道明远是从远道来的吧。”马三说。

第十一章

刘明远不仅没有像在滨镇那样放开酒量喝，还回避每次二小子、马三等人的劝酒。虽然二小子和马三等人是真心实意在劝他喝酒，但是他尽可能不喝。

马三虽然劝刘明远喝酒，但是跟其他人的想法不同，刘明远不喝，他也不硬劝。他想可能刘明远真是不喜欢喝酒或者是嫌酒不上档次。

他知道大城市人喝酒讲究酒的品质，愿意喝好酒，不愿意喝劣质酒，甚至不喝。

村里小商店卖的白酒基本是本市酒厂生产的。当地不生产高档白酒。高档酒价格高，在村里也卖不出去。虽然村里人喜好喝酒，但都是普通酒，只要能借酒助兴就行。

马三想跟刘明远叙旧，聊一聊多年来的生活变化。

刘明远领着刘感恩再次上厕所时，马三有意跟了出去。他们站在菜园里，看着星空，聊起了这些年的生活。刘明远没怎么说自己的人生经历。马三问他，他就说，不问就不提。他在倾听马三讲述生活经历。

马三讲起自己的生活经历时，那么兴奋，充满激情，如同奔腾的松花江水不愿意停下。他似乎想一股脑地把自己这些年所有的经历都告诉刘明远。

刘感恩站在父亲身旁，听着两个大人讲述着他们童年的生活往事，如同在听天方夜谭，似懂非懂。不过，他感觉到在这片黑土地上留下了父亲的童年情感，觉得父亲对这里的情感跟对其他地方的特别不同。

夜晚的气温有点儿低，刘感恩穿的衣服单薄，感觉有点儿冷。

刘明远在儿子打了一下哆嗦后，有意岔开了马三继续说的话题说："咱们进屋吧，出来的时间过长，他们该来找了。"

二小子发现刘明远和马三去厕所的时间那么长，还没回屋，拉开屋门，准备去找。

马三和刘明远正好走到了房门口。马三解释说："跟明远说了一会儿话。"

"三儿，你别只顾说话，得劝喝酒。"有人在屋里喊着说。

村里人喝酒爽快，放得开，也有贪杯习惯，风卷残云般地把饭桌上几瓶酒喝了下去，菜盘子也见底了。他们酒足饭饱后，带着醉意，摇摇晃晃离开了。热热闹闹的屋里安静下来。

二小子对刘明远说："你没喝好。"

"我酒量不行。"

"不是酒量不行，是不想喝。"

"平时我不怎么喝酒。"

"今天不是平时……几十年没见面了。"

"没少喝。"

二小子转过脸问刘感恩："你爸在家喝酒吗？"

刘感恩转过脸看着刘明远。

二小子说："不用怕你爸，照实说。"

"他在家不喝这种酒。"刘感恩说。

二小子问："他在家喝什么酒？"

"红酒。"刘感恩又把目光转向刘明远。

二小子说："商店里有红酒。这地方的人不怎么喝红酒，我就没买。"

"红酒，我也不怎么喝。只是在累时喝点儿。"刘明远说。

二小子说："你喝的应该是几十块钱或上百块钱的高档红酒。村里商店卖的红酒一瓶才二十块钱左右。这么低档的红酒对身体没好处。"

"不一定非得喝酒，聊聊天就挺好。"

二小子说："招待亲友饭桌上没有酒不行，没酒不成席。"

"这些人真能喝。"

"农民喝酒不像你们城市人那么谦虚，讲究礼节。他们能喝两杯，绝对不会喝一杯。"

二小子把刘明远和刘感恩送到西屋。因为提前把炕烧热乎了，屋里的温度也升高了。吃饭前他把被子铺好了。他把手伸进被子里试着温度说："正好，路上累了，早点儿休息。"

"把你忙够呛。"刘明远说。

二小子转身走出屋时说："应该的。你回来了，我再忙也高兴。"

刘感恩在二小子把门关上时说："我饿了。"

"你怎么不吃饭呢？"

刘感恩说："厕所里的粪便好像总在眼前晃动，恶心得不想吃饭。”

刘明远知道儿子挑食，知道农村的卫生条件不如城市好，为了应对儿子临时不吃饭，他准备了饼干、火腿肠、矿泉水等食物，都放在旅行箱里。这几种食物保存天数多，也是儿子愿意吃的。他打开旅行箱，拿出火腿肠和一小盒饼干及矿泉水。

刘感恩吃饱后，上炕睡觉。他是第一次睡炕，感觉新鲜，躺在炕上，被窝里热乎乎的，问：“爸，你小时候就睡炕吗？”

“只能睡炕。”

“也住这种房子吗？”

“不是。”

“那住什么房子？”

刘明远没有回答。

刘感恩问：“是住在老奶奶家的那种房子里吗？”

“比那还破的房子。”

“那房子已经很破了，再破，还能住吗？”

刘明远想着心事。

刘感恩说：“你让我叫她姨奶，姨奶跟奶奶有什么区别？”

“睡觉吧。”刘明远非常不愿意提起这件事。

刘感恩执拗地说：“你告诉我吗？”

“告诉你什么？”刘明远装糊涂地说。

刘感恩说：“姨奶跟奶奶的区别呗！”

“这个吗……”

刘感恩催促地说：“别吞吞吐吐的，快说！”

“姨奶就是爸爸或妈妈的姨，你叫姨奶。奶奶是爸爸的母亲，你叫奶奶。”刘明远缓缓地说。

刘感恩说：“姑奶呢？”

“爸爸的姑，是爷爷的姐妹，你叫姑奶。”

刘感恩侧过身，不解地问：“你在姑奶的墓碑前下跪了，怎么不给姨奶下跪呢？”

“你的话怎么这么多，快睡觉！”

刘感恩感觉父亲有点儿生气了，不吱声了。他不知道父亲为什么生气，想了想自己也没说错什么，父亲怎么就生气了呢？他累了，也困了，不一会儿就睡着了。

刘明远没有困意，想起了马三跟他讲述的生活。他把二小子和马三的大名忘了，想了好半天才想起马三的大名叫马青山，二小子的大名叫任达小。这地方每个人都有一个大名和一个小名，小名是平时称呼的，大名是户口本上登记的。

他回到远山村跟回到滨镇的心情是完全不同的。这两种不同的心情跟他的生活经历有关。远山村给他留下了伤痛、寂寞、无奈及想逃离的愿望，没有幸福可言。而滨镇给他留下的是幸福、希望，也正是在滨镇生活治愈了他在远山村产生的伤痛、寂寞及无奈的悲观情绪。

他童年时产生的这两种不同感情，是由二小子母亲和林容芳母亲引起的。虽然这两个人是他的亲戚，也是前辈，但是对他的童年情感影响截然不同。

他陷入了深思。

他回想着马三讲述的生活经历。

他想，假如他是在远山村长大，依然生活在远山村，那么他现在的生活会是什么样呢？能比马三的生活处境好吗？

第十二章

马三媳妇叫李秀云。她是九村原村委会主任的女儿。她得过小儿麻痹症，身体不好，初中毕业。有一天，她父亲从县城带回来一张剪纸。她看到剪纸，心灵一动，突然对剪纸产生了兴趣。

家人都支持她剪纸，要不她长期待在家里没事做，心情会郁闷，容易引起性格变化，而剪纸能打发时间，消减寂寞。

她让父亲买回来红、黄、绿各种颜色纸，用剪刀把纸剪成窗花、墙花、顶棚花、烟格子、灯笼花等各种图案。她把剪纸花贴在门、窗、墙壁等处，增添了屋里的喜庆氛围。

她的剪纸技艺越来越好，年龄也越来越大。

在她辍学回家后的第二年，亲友和媒婆就开始张罗给她介绍对象了。当时她还没到出嫁的年龄，为了能让她有更多选择对象机会，父亲母想让她提前处对象。

她先后跟好几个本村的、外村的、县城的小伙子见了面，每次不是她看不上男方，就是男方看不上她，无果而终。她找对象的事断断续续，到了二十八岁还没处成对象。

在北大荒农村，不论是姑娘还是小伙子，到了二十八九岁还没结婚，还没处成对象的，婚姻的事就成了让父母亲头疼的大问题。

小伙子一旦过了二十八九岁，能找到对象的机会就很少了，娶不到媳妇的风险非常大。姑娘过了二十八九岁，虽然还有相亲的机会，但是选择面也非常小。当然，那句“有剩男，没剩女”的说法，在北大荒农村是事实。但是得看女人想嫁什么条件的男人。女人只要想嫁，不过分挑剔，就会有男人娶。男人没一技之长，家庭条件不好，就不好找对象。

李秀云虽然只读到了初中，但是在九村的女孩子中也是读书比较多的。她是在镇里读的住宿制初中，比在村里接触人多，见的世面也比村里人多。见过世面的人，跟没见过世面的人，处事方式有区别，想法也不一样。她跟九村里其他女孩子在婚姻方面的想法不同，选择对象的要求也不是同等标准。

她从小到大衣食无忧，在选择对象时，不仅讲究个人感觉，还带有理想色彩及浪漫情怀。虽然她急着嫁人，但是不将就，宁缺毋滥。她不在意男方家是贫穷还是富裕，而在意看着顺不顺眼，有没有共同语言，相处融不融洽、舒不舒心。她认为嫁人是人生中的大事，如果跟看着不顺眼的人在一起生活，太别扭了，也委屈了自己。万一结婚后，性格合不来，闹矛盾，离了婚，就太伤感情了。她这种观念把父母亲愁住了，不了解她到底想嫁什么样的男人，什么样的男人才能符合她的标准。她在看到马三第一眼时，瞬间心情如同湖水遇到了春风，自然而然地荡起了微微波动，隐隐感觉爱情来了。

那年三月里的某天上午，马三吃过早饭，闲着没事，到九村陈义发家玩。

马三刚辍学时年龄太小，干不动体力活，在家玩了些日子，觉得没意思，闷闷不乐。父母防止他游手好闲学坏了，想给他找个不出体力的活干。让他干活不是目的，约束他才是真实想法。经人介绍，马三到九村给陈义发家放了两年羊。

九村跟远山村是邻村，相距八九里路。在他放羊那两年，平时住在陈义发家。

陈义发老两口是从安徽农村搬迁到九村的，在村里只有老乡，没有亲戚，无儿无女，庄稼地种得不多，养了几十只羊。马三勤快、会来事，讨人喜欢，陈义发老两口对马三很好。

夏季，马三每天早晨拿着鞭子，把几十只羊赶到村庄外的野草地，晚上把羊群赶回。冬季，马三在农田里放羊。羊群在农田的雪地里寻找被遗漏的大豆、玉米等粮食或是庄稼的秸秆。

陈义发用粮食顶替马三放羊的工钱。

马三不给陈义发家放羊后，回到了远山村，每年都去陈义发家探望几次。

岁月的车轮悄悄碾压着每一个人的年龄。

马三从少年成长到了三十多岁的大小伙子。

陈义发老两口虽然很关心马三的婚事，但是马三家太穷，热心肠也改变不了马三家的现实生活，着急也没能帮马三找到对象。

陈义发和老伴商量过想把李秀云介绍给马三，但是又觉得马三配不上李秀云，认为李秀云的父亲母亲不能同意。当陈义发看见李秀云面对马三，脸上流露出羞涩的表情时，他凭借人生经验，觉得李秀云对马三有好感。好感是处对象的前提。他琢磨着到李秀云家提亲应该能有成的希望。他再次萌生了给马三和李秀云做媒的想法。李秀云走后，陈义发问马三："这姑娘怎么样？"

“挺好的。”

“给你当媳妇呢？”

马三知道李秀云是九村村委会主任的女儿。虽然他对姑娘有好感，但是不敢高攀，也没想高攀。他绝对愿意娶李秀云，但是李秀云愿意不愿意嫁他是另一回事。他不好意思地说：“我配不上人家。”

陈义发说：“我感觉她对你有好感，可以试一试。”

马三不自信地说：“能行吗？”

陈义发的老伴插话说：“我也觉得秀云对你的印象不错。”

马三说：“我家太穷，我又没读过几年书，她是村主任的女儿，还是初中毕业，我和她不般配。”

陈义发的老伴说：“秀云跟我说过，她找对象凭感觉，如果感觉好，再穷也嫁；如果感觉不好，再富的也不嫁。她的这种观念可把她父母愁坏了。”

陈义发对老伴说：“你去问一问，看行不行。”

陈义发的老伴说：“先看三儿是怎么想的。”

陈义发和老伴平时称呼马三为“三儿”。这么称呼亲切，如同称呼自己儿子似的。

马三在娶媳妇这件事上，可谓是到了心急火燎的地步。别说是村主任的女儿了，就算是年轻寡妇，就算是离了婚的带有孩子的女人，他也同意娶。

他认为有媳妇就比没媳妇好。

男人到了娶媳妇、成家的年龄，娶不到媳妇会让外人看不起，自己也会觉得比别人低一等，对生活也会失去自信心和奔头。

陈义发的老伴看马三对李秀云有好感，同意跟李秀云处对象，立马从炕里面挪到炕边，穿上鞋，下了炕，去村主任家给马三提亲。

三月的北大荒农村属于农闲季节，农民在家猫冬的日子处于收尾阶段。接近中午了，李秀云全家人都在屋里。

李秀云家跟陈义发家关系好，来往多，他们以为陈义发的老伴跟平时一样是来串门玩，热情地招呼她坐在炕边。

炕边热乎，客人来了一般都是坐在炕边，极少让来客坐在椅子或沙发上。

陈义发的老伴坐在炕边，开门见山地说："我想给秀云介绍个对象，你们看怎么样？"

村主任的老伴一听这话，立刻来了精神，如同打了鸡血似的说："好啊！哪的？小伙子是干什么的？"

"远山村的。"

"远山村的？"村主任的老伴知道远山村是穷村，马上意识到小伙子家里不富裕，下意识地重复着。

陈义发的老伴说："小伙子给我家放过羊。"

"给你家放过羊？"村主任的老伴一听陈义发的老伴这么说，先是意外，后是泄气。她知道陈义发家没几只羊，怎么可能雇人放羊呢？又一想，给陈义发家放羊的人能有啥出息，顿时很扫兴。

陈义发的老伴说："那是二十多年前的事了。"

"过去那么久了？"

"现在哪还有羊了。"

"你一说给你家放羊，我心一惊，心想你家就那么几只羊，怎么还雇人放呢？”村主任的老伴感觉陈义发的老伴这话说得大喘气，让她没法接话。

陈义发的老伴做出回忆的表情说：“可不嘛，已经过去二十多年了。那时三儿还是十几岁的孩子，现在已经是大小伙子了。”

“这么多年过去了，你们还来往着呢？”

“这孩子重感情，每年都来串几次门。”

“你说的小伙子我在你家遇见过，是他吧？”

陈义发的老伴叹息地说：“是他。他家里穷，别的都挺好。如果你们嫌弃他穷，就不提这事了；如果不嫌弃他穷，他跟秀云应该可以。”

陈义发的老伴说这句话是给李秀云听的。她知道李秀云不在意男方家穷富，只在意人好不好。她认为李秀云跟马三说话挺投缘。

村主任的老伴转过脸，用商量的眼神看着村主任。

村主任在女儿婚事上比老伴还着急。如果女儿嫁不出去，这是他非常糟心的事。村主任说：“如果人行，暂时穷点儿不是问题。只要勤劳，以后日子能过好。”

“三儿的人品和长相都没问题。他家穷不是因为好吃懒做，而是因为兄弟五人，远山村地少，土壤又不好，粮食产量低，还没其他挣钱门路，日子才没过起来。三儿勤快，还有眼力见儿。”陈义发的老伴介绍着马三的优点。

村主任说：“找个时间让他来，我们看一看。”

“秀云刚才看见了。秀云，你觉得咋样？”陈义发的老伴说。

村主任和老伴及儿子不约而同地把目光转向李秀云。

李秀云对马三的印象确实不错，有爱的感觉，但是这爱来得太快、太突然，她没有丝毫准备，被这股爱潮冷不防冲得有点儿晕乎乎了，满脸羞红。

村主任的老伴以为女儿隐瞒着家人去相亲了，缓慢地问："你去跟小伙子见面，怎么不跟我和你爸说一声呢？"

李秀云脸红红的，急忙解释说："意外遇见的，是第一次遇到，没提这种事。我也不知道大娘是来提这事。"

陈义发的老伴给李秀云解围说："秀云确实不知道这事。我和她大伯看秀云跟三儿挺般配的，商量了一下，感觉他们两个如果能成为一家人挺好的。我是来征求你们的意见。"

"我们大人没意见，看孩子的，孩子自己做决定。"村主任说。

村主任的老伴问李秀云："你感觉咋样？"

李秀云羞答答地没说话。

陈义发的老伴说："别不好意思，男大当婚，女大当嫁，我和你妈也是从姑娘成为小媳妇的，当了妈，又到了当奶奶和姥姥的年龄。"

村主任的老伴对李秀云说："你表个态度。"

李秀云说："看着还行，没接触过，别的不了解。"

陈义发的老伴打包票地说："如果你们不嫌弃三儿家穷，愿意交往，我可以保证三儿的人品没问题。"

村主任的老伴把目光转向村主任，征求他的意见。

村主任做了决定，说："让他们处一处，相互了解了解。如果行，更好。如果不行，也没有什么。"

"要么你们老两口去看一看？"陈义发的老伴说。

村主任说:“小伙子没走?”

“往次是吃下午饭前走或吃过下午饭走。”

村主任说:“见一面也行。”

“我先回去了。”陈义发的老伴站起身说。

村主任说:“我跟你一起去。”

陈义发的老伴没想到村主任这么着急去看马三。

村主任不是着急,而是想在小伙子没有思想准备时,考验小伙子的处事应变能力。他在工作中接触到的事比普通村民多,遇到的问题比普通村民多,考虑问题也比普通村民更细心、更全面。他认为在生活和工作中,处事能力非常关键。

村主任的老伴说:“我对小伙子有印象。他给你家放羊时,我见过。那时他年龄小,说话时爱笑,挺机灵的。他不给你家放羊后,我就再没见过。”

“那是多年前了。现在他长得挺精神。”陈义发的老伴说。

村主任说:“他帮你家干过活吧?”

“每年秋天来帮拉柴火、收白菜。”陈义发的老伴说。

村主任说:“我知道他,在远处看见过,没看清楚模样。”

马三没想到陈义发的老伴把李秀云的父母领来了。他吃惊、惊喜,手足无措地站在李秀云的父母面前,满脸拘谨的表情。

他小时候给陈义发家放羊时看见过李秀云的母亲,只是不放羊后,他回远山村了,便再没见过。

他上有哥哥,下有弟妹,在日常生活中养成了温和的处事习惯。他跟李秀云的父母亲说话很得体,该说的说,不该说的一句也没有。

李秀云的父母亲对马三很满意。

陈义发和老伴没想到这个媒当得这么顺利，高兴之余做了几个菜，留马三和李秀云的父母吃饭。

三月的北大荒还有些寒冷，春阳在悄悄融化冰雪，沉睡中的大地还没有被春风完全唤醒。农民没什么活，空闲时间多。许多人家早晨起来得晚，早饭一般是在九十点钟吃，中午不吃饭，晚饭是在下午三四点钟吃，每天两顿饭。

马三家和陈义发家是吃两顿饭。

李秀云家是吃三顿饭。她的父亲是村主任。村主任和几位村委会干部轮流在村委会办公室值班，随时处理村里的突发事情。李秀云的父母在陈义发家，到了吃中午饭时间还没回家，她弟弟做了午饭。

李秀云的弟弟叫李秀涛。

李秀涛在松市上大学，处在毕业前实习期，临时回家有点儿事，准备第二天返回松市。他一直为姐姐的婚事着急。他遇到了给姐姐提亲的事很高兴，想看一看小伙子啥样，以叫爸妈回家吃饭为借口到陈义发家看马三。

村主任对李秀涛说："你叫哥。"

陈义发说："叫啥哥，叫姐夫！"

李秀涛在大城市读书多年，同学、朋友多，见过世面，性格开朗，幽默地叫马三："姐夫、哥。"

马三不知道怎么回答，满脸羞红，没说话。

陈义发的老伴对马三说："三儿，咋不回答呢？"

“又叫姐夫又叫哥的，三儿不知道咋回答了。”陈义发说。

村主任让儿子回家拿两瓶酒送来。

北大荒农村提亲的风俗是男女双方请媒人吃饭，给媒人钱和礼品。陈义发请他们吃饭，这不是一般关系。

村主任拿酒表达对陈义发两口子的谢意，同时也是对马三的认可及重视。

李秀涛回家拿酒时，满脸笑容地对李秀云说：“姐，那人挺好，你嫁了吧。”

“你撵我走？”李秀云做出生气的样子。

李秀涛对马三的第一印象挺好。他认为李秀云是残疾人，找更好的对象不好找。他说：“不是撵你。你看咱村，还有像你这么大没出嫁的姑娘吗？再说，凭我的判断，他人不错。”

“你没听见陈大娘说他家很穷吗？”

“暂时穷，又不是总穷。暂时穷点儿不是问题。如果我参加工作了，以后日子过好了，我帮你。”

李秀云被弟弟的话感动了。她也确实想嫁人，也应该嫁人了。

马三确实想娶媳妇。

在远山村到了他这个年龄段的男人，要么娶到的是离了婚或丈夫去世的二婚女人，要么就一个人过单身日子。

二婚女人再结婚时一般都有孩子，是带着孩子再嫁。李秀云虽然是残疾人，但是生活能自理，能做家务活，还是没结过婚的姑娘。他认为娶姑娘比娶二婚女人好。

马三知道李秀云愿意嫁给他时，如同做梦一般，沉浸在幸福中。

他兴奋的心情好多天后才平静下来。

马三是在菜园里向刘明远讲述他跟李秀云姻缘过程的。他讲得津津有味,原本还想讲下去,刘明远也愿意倾听这位发小的生活往事,但是屋里二小子他们在喝酒,刘明远和马三不能离开酒桌时间过长。

第十三章

严敏彤在被窝里翻动了一下身体,侧脸问:“刘明远来干什么?”

“没问。”

“咋不问呢?”

二小子虽然跟刘明远是表兄弟,有血缘联系,因为几十年没有交往,突然相见,感情生疏,显得陌生。他跟刘明远说话,刘明远跟他说话,彼此都比较客气,不怎么随意。如果他这么问,不只是刘明远不舒心,他也觉得别扭。

严敏彤寻思地说:“你妈是他姨。他是来看你妈的?好像不是。如果他是来看你妈,应该早来了。咱俩结婚都二十多年了,他一次没来过,也没有消息……我也没听你妈说起过他。”

“让我妈跟你说他什么?”

“怎么也应该提起吧。”

“你想得怎么这么多!”二小子不愿意提起从前刘明远在远山村生活的事。虽然那时候他只有几岁,不太记事,但是后来母亲跟他说起过刘明远家的事。

严敏彤有点儿生气地说："我想错了吗？"

二小子瞅了一眼严敏彤，侧过身，背对着媳妇。

严敏彤说："你什么意思？我没见过他，不了解，问你还不行吗？何况你也几十年没跟他联系了，他突然来了，万一是骗子呢？"

"谁能跑到这穷山村行骗，除非是傻子。"

"他给你妈买什么东西了？"

"不知道。"

"怎么会不知道呢？"

"我没注意看。"

"给没给你妈买东西，你也不知道？"

"当时我在村口，接到我妈的电话，骑着摩托车就去了。"二小子转过身，有点儿生气地说。

"去了，没看见有没有东西？"

"好像是买了吧。"

"还弄个好像……"

"买东西怎么样，没买又怎么样？"

"如果他什么也没买，空手来的，就是不重视你和你妈。"

"买东西跟重视有关吗？"

"当然有。"

二小子认为严重敏彤说得有点儿道理，表情发生了微妙变化。

"今晚你到商店买酒买肉花了多少钱？"

"什么意思？"

"如果咱们不买酒不买肉，只炒几个青菜招待他，他会怎么想？"

“他们家从远山村搬走几十年了，他领着孩子第一次回来，咱们又是他在村里唯一的亲戚，如果不用酒肉招待，村里人还不骂咱们，还不说咱们小抠？”

“骂不骂、小抠不小抠先不提，只说他会怎么想？”

“肯定没面子，不好受。”

“让他好受，让他有面子，咱就得花钱招待？”

“挣钱就是花的。”

“花是花，但是得看怎么花。该花的花，不该花的就不能花。”

“你的意思是今晚不应该花钱买酒买肉招待刘明远呗？”

严敏彤没说话。

二小子说：“明远和孩子没怎么吃。人家在城市生活得挺好，对肉对酒不感兴趣。如果生活不好，缺肉吃，就是明远能克制住肉的诱惑，孩子不能吧？孩子不看肉，一口肉都没吃。”

“他一口没吃，也是因为招待他才花钱买的。”

“怎么能这么算呢？这么算就不应该有亲戚和朋友了，就不能跟人交往了，就应该过死门。”

“亲戚和朋友是相互走动的，是你来我往。他一走了之，没影了，咱图个什么？”

二小子纠正说：“那得看在什么情况，特殊情况就不能这么想。”

“你的意思是我想错了？”

二小子肯定地说：“不仅是错了，还是大错特错。刘明远能在几十年后回远山村看一看，证明他对这里有感情。”

“那是虚的，实的是他买了多少钱的东西。”

“你不要斤斤计较。买就买，不买就不买。”

“这不叫斤斤计较，这叫精打细算。过日子不精打细算怎么行。如果我不精打细算，咱家的日子能过得这么舒心吗？”

“精打细算我不反对，但是不能这么算。如果这么算，就没人情味了，就没亲情了。”

“我是农民，你别给我讲大道理。我只管把自己家的日子过好。如果自己的日子过不好，谁都会笑话。今晚这顿饭花掉了你在县城挣的一天工钱。你一天的建筑活白干了。”

“白干就白干。我愿意白干。”

“你愿意，我还不愿意呢。”

“我是我，你是你。”

“你是我男人，我是你女人，你是孩子他爸，我是孩子他妈，过日子分得开吗？”

“分得开。”

“那你出去，到别的地方睡。”严敏彤使劲一推，把二小子推到了墙边，整个身体露在了被子外面。

二小子拉了一下被子说：“怎么还动起手了？”

“你不是说我跟你没关系吗？那你别在这个屋里待。”严敏彤说。

二小子思量片刻，讲起了他的母亲对刘明远的愧疚之情。

二小子只有几岁时，刘明远跟随父亲从远山村搬到了滨镇。二小子对那时发生的事没有记忆。他听母亲和父亲说起过刘明远家的事。他母亲对刘明远家有愧疚之情。随着时间久了，他长大后，母亲没有再提起过刘明远家的事。他认为这次刘明远回远山村，就算是刘明远一分钱东西没带，他母亲也会非常高兴。

第十四章

刘感恩睁开眼睛，屋里有朦胧的亮光，模糊中他看见父亲在穿衣服。

刘明远睡醒很长时间了，为了穿衣服时不惊醒儿子，想让儿子多睡一会，他醒后继续在被窝里躺着。当窗外的光亮透过窗帘映进屋时，他才慢慢起身，悄悄穿衣服。

刘明远回到远山村跟回到滨镇的心情迥然不同。他住在二小子家跟住在林容芳家的感觉也不一样。他在林容芳家比较踏实，异乡人的感觉少，在二小子家，时刻都觉得是异乡人。这两种不同的心情跟他经历过的生活有关。他跟林容芳少年时在一起生活过，感情深，跟二小子没有在一起生活过，没有感情基础，相互不了解。虽然他跟林容芳是表亲，跟二小子也是表亲，亲戚关系相同，但是感情完全不一样。

这种区别不是他对二小子有什么不好看法，也不是林容芳对他有什么恩情，而是林容芳的母亲对他有恩情，而二小子的母亲在他心中没有留一丝好感。

前辈人对后辈人的生活和感情影响，如同傍晚的夕阳或晚霞，退去后，也会存留在情感的记忆里。

正因为这个原因，他才决定在儿子小的时候，带儿子回滨镇和远山村看一看，让儿子早点儿感受到他经历过的生活。

刘明远预想，这种亲身感受或许能在儿子未来的成长和生活中产生启迪作用。

刘感恩看父亲在穿衣服，也开始穿衣服。他没有赖床的习惯，不管在家，还是在外地，睡醒就起来。

他们穿好衣服，轻轻开了屋门，到了院子里。

二小子听见开屋门声，知道刘明远起来了。昨晚他酒喝得有点儿多，一觉醒来，再没睡着，躺在被窝里考虑今天陪刘明远做什么，也琢磨着严敏彤昨晚的话。虽然他不计较刘明远来时带没带礼品，但是严敏彤的话还是往心里去了。他认为刘明远来应该带礼品，这是起码的礼貌。他穿衣服时，用手扒拉了一下严敏彤的头，低声说："起来做饭，不能有情绪。"

"你做呗。"

"我做跟你做不一样。"

"咋不一样？"

"态度问题。"

"咋还整出问题了？"

"最好别有问题。"

"有问题放在心里，还能把问题挂在脸上吗？"

严敏彤虽然心里不高兴，但是脸上看不出来。表面上的事，她比二小子做得好。她家对外交往方面的大事小情，基本全由她安排。何况昨晚二小子对她进行了思想开导，她认为二小子说得有道理。她知道刘明远不会在远山村待太多天，不计较刘明远买没买东西的事了。

她起来做饭。

二小子看刘明远和刘感恩在菜园里看菜，走过去对刘感恩说："没看见过菜园吧？"

"看见过，但是没有这么大。"刘感恩说。

8月末的北大荒已经过了盛夏季节，早晨气温低，有点儿凉。菜园里的蔬菜过了生长旺盛期，有的菜生长到了暮年，开始萎缩。西红柿叶、黄瓜叶及豆角叶开始变黄。不过西红柿、黄瓜和豆角等蔬菜都处在成熟期，是食用最佳时。

刘感恩以前只是在书本上看见过这种菜园。菜是每天都能看见，每天都在吃。他是第一次在菜园里看见这么多种生长中的菜。

处在成熟期的西红柿颜色有红有青，红色跟青色混合在一起，西红柿大小不一，相互衬托得很好看。黄瓜有大有小，错落有致地悬吊在藤蔓上，成了独特景观。

刘感恩问刘明远昨天晚上吃的西红柿和黄瓜是不是从这里采摘的。刘明远说在农村，夏天吃的蔬菜、瓜果几乎都是自己家菜园里种的。现吃现摘，新鲜，都是绿色蔬菜。刘感恩走到西红柿跟前，看着成熟的西红柿有点儿新奇。

二小子摘下一个熟透的西红柿递给刘感恩说："尝尝，看有没有城市里的西红柿好吃。"

刘感恩吃瓜果时是洗过后吃。这是他的习惯。他接过西红柿没吃。

二小子说："你吃一口，如果不好吃就扔掉。"

刘感恩转过脸看着刘明远。

刘明远说："这里没有被污染，西红柿刚摘下来，干净，不用洗就可以吃。"

二小子又摘了两个熟透的西红柿，递给刘明远一个，自己吃一个。刘感恩看大人吃了，才试探咬了一口西红柿。二小子问："好吃吧？"

"跟我们城里的不一样。"刘感恩说。

二小子说："城市里的西红柿多数是在没熟透时就摘下来了，是用催红剂催红的。如果熟透了摘，存放时间短，运输需要时间，当天还不一定能卖完，有时候没等卖出去就烂了。"

"这里吃的菜全是新鲜的，比城市吃菜便利。"刘明远说。

刘感恩想起在滨镇看见的稻田了。无际的稻田还在吸引他。他在滨镇没玩够就来远山村了。他说："去庄稼地里看看呗？"

"看什么？"二小子不解地问。

刘感恩说："看庄稼。"

"庄稼有什么好看的。"

刘明远说："孩子没看见过地里的庄稼，如果距离不远，咱们去地里看看，要么孩子都不知道庄稼是怎么生长的。"

二小子把摩托车放在母亲家了。庄稼地在村庄外，有一段距离，步行去庄稼地耽误时间。他让刘明远回屋休息，自己去母亲家骑摩托车。

昨天他没来得及跟母亲说话，当时刘明远在场，也不方便问母亲刘明远来是不是有事。母亲一个人在屋，他问："明远哥这次来有事吗？"

“他没说。”

“他带什么东西来了？”

“只是他拿着那个旅行箱，身上背着的那个包，别的什么也没有。”

二小子听母亲这么说，有点儿不高兴了。他的这种反应跟他媳妇昨晚说的话有关。他媳妇说的话在他心里起到了发酵作用。

他母亲好像看出了他的心思，叹息地说：“别计较没带东西的事了，过去这么多年了，明远能来看我一眼，我死的时候也能闭上眼睛了。”

“妈！”二小子没想到母亲能说出这种话。

“我这个当姨的，从前做得确实不好，不称职。如果明远带东西来了，反而我更觉得有愧了。”

二小子虽然理解母亲的心情，但是心里还是觉得有点儿不是滋味。毕竟刘明远搬走几十年了，现在生活挺好，空手来显得对他母亲不够尊重。

他骑上摩托车回家了。

严敏彤已经做好了早饭。

早饭是昨晚的剩菜和刚拌的黄瓜凉菜及馒头。馒头有点儿黑，昨晚灯光下看不太清楚，白天非常明显。

二小子对刘感恩说：“别看咱家的馒头黑，没有饭馆的馒头白，但是咱家的馒头没有添加剂，营养价值高。咱这是自己种的小麦，自己加工的面粉，营养成分没有被破坏。”

刘感恩在家时不吃剩菜。他吃了半个馒头和黄瓜凉菜。

刘明远知道刘感恩急着去庄稼地，吃饭速度比平时快。

二小子不干体力活时饭量小。昨晚他喝了酒，吃得过饱，一夜过去还不怎么饿。他在刘明远和刘感恩放下筷子时就不吃了。

二小子骑上摩托车。家里只有两个摩托车头盔。骑摩托车不走远路，不戴头盔没人管。刘感恩是小孩，为了安全，让他戴上了头盔。二小子和刘明远没戴头盔。

刘明远坐在后面，把刘感恩夹在中间。

刘感恩经常看见摩托车，但是没坐过。摩托车行驶速度快，行驶时带起的风让他觉得新奇好玩。

二小子把刘明远和刘感恩载到了村西边的一片大豆地边停住。在大豆地北边不远处是一片玉米地。他问刘感恩："看见过这种庄稼吗？"

"见过，但是面积没这么大。"

"在上海那么大城市还能看见庄稼？"

"我爸带我到乡下看的。"

"上海乡下也有庄稼地？"

"不是在上海。他去外地办事，我跟着去了。"

"你爸经常带你去乡下吗？"

"只去过一次。"

在刘明远的记忆里远山村是种谷子和小麦的。他在童年时经常到晒场上的谷堆和麦秸垛上玩。

二小子说早就不种小麦和谷子了。大豆比小麦售价高。谷子太麻烦。东北小麦生长期短，山东、河南等地小麦生长期长，生长期长的小麦加工的面粉比生长期短的小麦加工的面粉筋道、好吃。在县城，山东、河南、安徽等地的面粉比东北面粉好销售。农田承包到户后，自主经营，种植小麦和谷子的农户很少。如果种，也只是自己家用，不怎么往外卖。

刘感恩看见过生长中的小麦，但是没看见过谷子。他知道谷子，也经常吃小米粥，想看生长时的谷子。

二小子说："远山村没有人家种谷子。如果想看谷子得去邻村。"

刘感恩说："那就去邻村呗！"

"去邻村？"二小子笑着说。

刘明远说："太远了，不去了。"

"不算远。"二小子说。

刘明远准备下午回县城，想在村里走一走，去邻村占用时间长不说，还得麻烦二小子，也耗油。他知道农民挣钱不容易，花钱仔细，担心二小子在意油钱。他说："不去了。"

"我想去。"刘感恩毕竟是小孩子，不了解大人的心思，更不会考虑大人的心情，执拗地想去地里看谷子。

二小子看刘感恩眼眶里泪水在打转，不想委屈刘感恩，答应地说："咱们去邻村。十多里的路程，一踩油门就到了。"

刘感恩立刻高兴起来。

刘明远虽然不想去邻村看生长时的谷子，但是也不是很反对。他这次不管是回滨镇，还是到远山村，只有两个想法，其一是想回阔别多年生活过的地方看一看；其二是想让儿子了解他生活过的地方是什么样，让儿子亲眼看到北大荒农村和农场的生活。在这两种想法中，让儿子了解北大荒农村和农场的生活环境是主要的。他认为一个人的成长及后续发展能力，跟懂得生活、了解生活相关。

刘感恩第一次看见谷子地。眼前的谷子地一眼望不到边，他被谷子地特别的风景吸引着。

刘感恩折断了几根谷穗握在手里，欣喜地摇晃着。柔软的谷穗娇柔地摆动着身姿。他很开心。他看到了大豆、玉米及谷子，但是没看见像在滨镇那样的大片稻田，不解地问："这地方不种水稻吗？"

"不种。这里的土地不适合种水稻。种庄稼得根据农田的土质选择种类。"二小子说。

刘感恩说："我姑家那地方以前种大豆、玉米和小麦，现在种水稻了。"

"你姑？"二小子不知道刘明远有农民妹妹，转过脸求证似的看着刘明远。

刘明远解释说："我姑家的二女儿。她在滨镇种水稻。"

"滨镇那地方富裕。村里的王天柱到那打过工。种水稻活太累了，王天柱在那里干了一年，没再去。"二小子说。

刘明远说："那么累吗？"

"听王天柱说，水稻在插秧阶段，几乎是没黑没白地干，累得受不了。不过也真挣钱。他从三月初到八月末，五个月挣了三万多块钱。"二小子说。

刘明远说："这里一年能挣多少钱？"

"只是种地吗？"

"除了种地还干别的吗？"

"有时到县城打零工，也可以到山上采山货卖，不过采山货和打零工收入很少，还是以种地为主。收入多的人家，一年也就两万多块钱，收入少的就没法说了。"

刘明远看着刘感恩拿着一把谷穗在地里玩，仿佛回到了童年时的生活里，想起了童年往事。

那时他的父亲用小麦秸秆编成捕捉麻雀的笼子。笼子盖在上面，对着天空，把谷穗放在笼子盖上，笼子的盖是滚转的。麻雀受到了谷穗诱惑，想吃谷子，落在笼子上，笼子盖受到了麻雀身体重量的压迫，瞬间翻动，麻雀就掉进了笼子里。笼子盖在麻雀落入笼子里后，迅速恢复原位，重新盖上，麻雀就成为笼中之鸟了。

捕捉麻雀都是在寒冷的冬季。冬季冰天雪地，麻雀寻觅食物困难，饥饿的麻雀看见了笼子上的谷穗，就会铤而走险。

他的父亲去世多年了。他也到了父亲在远山村生活时的年龄。人的年龄是那么经受不起岁月考验，就悄然地一天天、一年年过去了。

刘明远看了一眼在旁边兴奋玩耍的儿子，萌生了深深的感触。

第十五章

马三来到二小子家时，屋里只有严敏彤和儿媳妇。严敏彤说二小子骑着摩托车载着刘明远和刘感恩去庄稼地看庄稼了。马三说："庄稼有什么好看的？"

"孩子想看。生活在大城市的孩子没看见过庄稼，就跟咱这儿的孩子没看见过轮船和高级轿车似的。"严敏彤说。

马三说："大城市不像小县城，小县城里的孩子有机会到乡下，能看见庄稼地和菜园子。上海那么大的城市，孩子像被关在高楼大厦组成的笼子里，到哪去看庄稼。"

"那孩子一大早就到菜园里玩。"严敏彤说。

马三说："城里的孩子跟咱乡下的孩子想法不一样，咱们的孩子让去都不愿意去。"

"咱们在乡下生活久了，都不想待了。城市人却感觉乡下生活新奇，看来在什么地方待久了，都会失去新鲜感。"严敏彤说。

马三问："他们什么时间回来？"

"没说。"

"我先回去了。他们回来后，让去我家。"

"你一个人，秀云还需要照顾，就别忙活了。"

"该忙的事就得忙，不忙不对。"

"还是在我这儿吧。我这里方便。"

"那不行。明远搬走几十年了，好不容易回来一次，我不叫他吃顿饭怎么行呢。"

"家庭条件不允许，也不能强办。"

"我杀了只鸡，买了熟牛肉……也没准备什么，算是表达一下心情吧。他们回来，就让过去。"

"要么我去帮你？"

"不用，都准备好了。"

院外传来了摩托车声，二小子载着刘明远和刘感恩回来了。

马三快步走出屋，风趣地对刘明远说："城市人跟乡下人就是不一样，我们乡下人去地里是无奈，为了挣钱吃饭，你们城市人去地里看庄稼是散心。”

“这话让你说的……什么城市人、乡下人，孩子不了解庄稼，这次有机会接触到庄稼，就让孩子亲眼看一看，要么孩子都不知道碗里的饭是怎么来的。”刘明远说。

“去庄稼地浪漫完了，到我那儿吃饭吧。”

“你的心意领了，饭就不吃了。”

“为什么？”

“不为什么，你别忙活了。”

“刘明远，你啥意思？”

“你媳妇在炕上，不想让你忙活。”

“没准备什么，只是简单吃顿饭，聊聊天。”

“不去了。”

“刘明远，你瞧不起我咋的？如果你瞧不起我，你就不去。就当你没我这个朋友。”

“不是这个意思。”

“既然你承认有我这个朋友，那就别啰唆，立马走！”

“你简单点儿，别太麻烦。”

“简单，绝对简单，简单得让你意外。”

刘明远看马三把话说到这份儿上，不能再拒绝了。二小子想骑摩托车去马三家，马三没让骑。

马三说：“喝酒后骑摩托车，摔倒了怎么办？”

刘明远赞成马三的做法，也不让二小子骑摩托车。

马三家院里西侧的木桩边拴着一匹黑色的马。在马旁边是三条大狼狗。这是狼青品种。狗看到主人和陌生人进了院子,狂叫了几声。马三朝狗做了个手势,打了一声口哨,狗就不叫了。

三条狼青挣着铁链欢欣地想冲向朝马三,铁链被挣得哗啦哗啦响。兴奋中的狼狗在迎接主人回家。

昨夜天黑,刘明远和刘感恩来时只听见狼狗的叫声,没看见狼狗的模样。刘感恩以前只是在电影电视中看见过这种狼狗,在生活中是第一次。他胆怯地靠着刘明远往屋里走。

刘明远在远山村和滨镇生活时很多家都养狗,但是很少有养狼狗的。他在童年时也喜欢狗,也养过狗。他在远山村生活时经常带着狗到村东面的土坑玩。那时狗是他生活中的伙伴,陪他度过了一段童年时光,为他排解了生活的寂寞。他这次回滨镇和远山村,几乎没看见有养狗的人家。

狗这个物种好像在滨镇和远山村灭绝了。

二小子介绍,以前养狗是看家护院,防止东西被人偷。现在生活条件好了,东西不丢了,养狗浪费粮食,还麻烦,没人养狗了。

马三是村里的护林员。山路弯曲,坡度大,不适合骑摩托车和自行车,适合骑马。马三巡山时骑马,为防止被狼、野猪等野兽袭击,带着狗安全。他的马是林业公司跟鄂伦春族买来的。狼狗是村里给买的。

远山村只有马三家养着马和狗。

马三家住的泥土房,跟二小子家房屋的结构相同,属于远山村第二代房屋。马三家的房屋比二小子家的小,也没二小子家干净。

院落里留有刚被清扫过的痕迹。

刘明远跟在二小子身后走进屋。他的目光从坐在炕上的李秀云身上移到每处地方。他从屋里简单的摆设了解了马三的生活情况。李秀云清瘦的面容上没有丝毫悲观情绪，热情地打招呼："你们来了。"

"我说在我那儿，三儿非得让过来。"二小子双手插在兜里，踱着步说。

李秀云说："昨天下午他赶羊回来，就高兴地说有位发小搬走几十年了，第一次回来，想请到家里吃饭。我说咱家这样，人家能来吗？"

"昨晚不就来了。"刘明远笑着说。

"你不嫌弃我们家脏乱就行。"

"以前我在这儿住时，还不如你们家呢。"刘明远说。

李秀云说："听三儿说，你家搬走时你才六七岁。如果是六七岁，应该过去四十多年了。"

"三儿记得还挺清楚。"刘明远说。

马三说："何止是清楚，你走后我好像丢了什么喜欢的东西似的，很长时间才缓过精神。"

二小子问："三儿，你是哪年生的？"

"1967年。"

二小子说："比我大两岁。"

"你是1969年生的？"马三对二小子说。

二小子说："我比你显老，和你在一起，不了解的人会以为我比你年龄大呢。”

马三问刘明远：“你是哪年生的？”

“咱俩同龄。”刘明远说。

马三说：“你看着比我年轻不止十岁。大城市的人不显老。农民风吹日晒的，干的活又累，显老。”

刘明远对这种话题不感兴趣，能回避的尽可能回避。虽然这种话题在农村很随意，没人反感，但是城市人认为年龄和经济收入属于个人隐私的事，尽可能不打听。他看墙上贴着剪纸图案问：“这是买的？”

“我自己剪的。”李秀云不好意思地说。

刘明远说：“挺好看。”

“秀云剪纸在全县挺有名的。在市、县文化馆举办的比赛中都获过一等奖。”二小子赞扬地说。

刘感恩站在木柜前看着上面的剪纸图案。上面贴着马、兔子、公鸡等几个不同图案。他觉得挺生活化。

马三问：“喜欢吗？”

刘感恩点下头。

马三伸手从箱子上取下一个纸盒，把纸盒放在刘感恩眼前，打开，里面是各种剪纸图案。他说：“喜欢哪个就拿哪个。”

刘感恩转过脸看着刘明远。

马三说：“这事不需要你爸同意，你可以随便拿。”

“这孩子懂事，是个好苗子，长大后错不了。”李秀云说。

刘明远说：“小孩子没见过的，就喜欢、好奇。”

“咱们小时候也是这样。”马三说。

刘明远说：“选两张喜欢的，别拿多了。”

“自己剪的图案，想拿几张就拿几张。”马三说。

刘明远说：“可以卖。”

“都送人了。本村的，外村的，过年时经常有人来找剪纸图案。有的给纸，有的给点儿礼物，还没卖过呢。”马三说。

刘明远说：“可以在网上卖，没准是条致富路呢。”

“我女儿也说可以卖。”马三说。

刘明远说：“听说孩子在松市读书？”

“在读研究生。”

刘明远说：“孩子优秀，有出息，这是父母最高兴的事。”

“咱俩想的一样。以前我从没想过咱农民的孩子能读大学，更别说是读研究生了。在教育孩子方面，我老丈人家帮了很大忙。”

刘明远说：“处在生活转折点时，有人帮跟没人帮差距是太大了。”

“我也这么认为。当时你家搬走，好像是你姑帮的。”

刘明远说：“你还记得这事呢？”

“当时我年龄那么小，哪知道，是我爸妈说的。我爸妈在你家搬走后的那几年，闲着聊天时，经常说起你家的事。”

刘明远说：“他们身体怎么样？”

“早没了。”

刘明远一时没说话。

马三叹息地说：“不知道是北大荒天气寒冷的原因，还是生活条件差的原因，咱这里到了六七十岁，去世的人挺多，好像寿命比南方人短。”

“这地方冬季太长，太寒冷。”刘明远说。

马三说：“你在滨镇生活多少年去的上海？”

“好像十多年。”

马三说：“你怎么去那么远的地方？”

“怎么说呢？”

马三说：“小时候咱们整天在一起玩，没想到长大后，生活差距这么大。”

“你这不挺好的嘛！”

马三说：“比好的不行，比不好的还行，人不能比，也没办法比，知足就好。”

“他的心态好，遇到多大的困难都不愁。”李秀云说。

刘明远说：“你也非常乐观。”

“如果我不乐观，就不会有现在的生活。”李秀云说。

刘明远说：“是他影响了你，还是你影响了他？”

“我影响了他。我身体这样，每天心情都很好，何况他是健康人呢？”李秀云说时脸上带着幸福的微笑。

二小子接过话茬说：“你说得不对，三儿在没认识你之前也是这种心情。我跟他在一起，从小到大，这么多年，没看见他愁眉苦脸过。”

“我们俩都是属于想得开，不往心里装事的人。”李秀云给自己性格作了定位。她认为自己这种性格比较好。

二小子说："不是一家人，不进一家门。"

刘明远看了一眼马三，目光转向李秀云，又移向马三，觉得马三跟李秀云有夫妻相。

早晨天还没放亮，马三到鸡窝里把家里唯一用来打鸣的公鸡抓住杀了。他提前把菜做好了，也准备了酒。屋里屋外都有菜香味。

他拨通了马青连的手机。马青连是他的弟弟，在他家兄弟中是最小的，排在第五位。他让马青连来陪刘明远喝酒。昨晚他跟马青连说刘明远回远山村了，今天中午请刘明远吃饭。马青连接听了电话，说马上就到。

马三为防止菜凉了，把菜放在大铁锅里的帘子上。锅里一直烧着开水，保温时间长。过去了这么长时间，菜还是温热的。他往灶坑里放了些柴火，点着，给菜加热。

李秀云对二小子和刘明远说天刚亮马三就起来打扫卫生，把屋里屋外清理了一遍。他吃完早饭，喂完猪、马、狗就开始准备午饭了。

即使李秀云不说，刘明远也能看出来马三为准备这顿饭忙活了很长时间。

在北大荒农村，多数男人是不怎么做饭的，何况马三的媳妇还瘫痪在炕上，不但帮不上忙，还需要马三照顾呢？

马三拿起一盒烟，从里面抽出一支递给刘明远。刘明远没接，说不会抽烟。马三想起来了，昨天晚上在二小子家喝酒时刘明远就说不会抽烟。他把烟递给二小子，二小子接过烟，拿起放在炕边的打火机，啪的一声打着火，递向马三。马三又抽出一支烟叼在嘴里，用二小子递来的火把烟点着。二小子拿打火机的手弯向脸，点着了嘴里的烟。马三问刘明远：“去你家住过的地方看了吗？”

“没有。”

马三说：“你家住的房子早就扒了，被从外村搬来的老陈家盖成了砖瓦房。从前的样子一点也没有了。”

“你家住的房子还有吗？”刘明远问。

马三说：“我五弟在原地盖了五间新砖房。”

“我记得你是兄弟四人？”

马三说：“你家搬走后他才出生。”

“他爸妈真厉害，那么大年龄了，还弄出个孩子。”二小子开玩笑地说。

马三说：“你咋说话呢？”

“在咱们村，你妈是最大龄的产妇。”二小子说。

汽车喇叭声音从院子外传来，一辆不算旧的面包车停在了院外。两个中年男人走进院里。马青连走在前面，后面是村委会的张会计。

马青连一米八左右的个子，身材偏瘦。他在初中毕业后参了军，从武警部队复员回来后当上了村里的治安主任。他的媳妇是村里的小学教师。他小时候听父母和哥哥们说起过刘明远家的事。

马青连对刘明远说：“明远哥，我三哥昨晚给我打电话说你回来了。我在电话中就感觉到他很高兴。”

“麻烦他了。”刘明远说。

马青连说：“村里不像在城市里，城市里饭店多，村里没饭店，全是在家招待客人。”

“在家挺好。”

马青连说：“村里就这个条件。我三哥家就这样，没有办法。”

“我不想来是怕耽误他上班。他不是得去巡山嘛！”刘明远说。

马青连说：“他的活自由，没人盯着他，主要靠自觉。林业公司和村委会都没要求他天天去巡山，两天去一次就行。他本分，对工作认真，几乎天天去巡山。”

“他小时候做事就认真。”刘明远说。

马三和二小子往桌上端菜，倒酒。

刘明远想下午回县城，不想在吃饭上耽误时间，想快点儿吃完饭。

刘感恩看马三家屋里脏乱，没有食欲，不想吃饭。刘明远知道刘感恩为什么不吃饭，没有多说什么。二小子和马三把肉、菜放在刘感恩面前的盘子里，劝说他吃，他也没吃。

马青连当过兵，在村委会上班，接触人多，猜测到刘感恩为什么不吃饭了，但是没说出来。他到面包车上拿了一盒没拆封的饼干和一瓶矿泉水给刘感恩。

刘感恩吃着饼干。

马青连为了避免由于刘感恩不吃饭影响到聊天氛围，没说出刘感恩不吃饭的真实原因，打圆场说：“这孩子可能是第一次来北大荒，吃这里的饭菜不习惯。”

“昨晚也没怎么吃。”二小子说。

第十六章

刘明远决定晚上回远山县城，如果能赶上开往松市的火车，当晚直接去松市。他没有在远山县城停留的打算。他乘坐出租车来远山村时，出租车司机给了他一张名片，上面有出租车司机的手机号码。在远山县城吃饭时，饭馆老板告诉他县城有开往远山村的小客车。小客车上午一趟、下午一趟，下午这趟4点钟左右到远山村。如果能赶上小客车，他就不给出租车司机打电话了。他想坐小客车去远山县城。他有意加快吃饭速度，话语简洁，酒也没怎么喝。

马三不想让刘明远走，想留刘明远在远山村多住些日子。虽然他有这份心意，但是家里的生活条件不允许。并且刘明远跟二小子是亲戚，二小子的态度才是主要的，如果他说太多挽留刘明远的话，二小子是没面子的。他客气地说："别走得这么急，好不容易回来一趟，多住些天。"

"假期到了，不走就超假了。"

马三不解地说："这么多年没回来了，又是这么远的路，回来一次，怎么只准备了这么几天假？"

"我先去的滨镇。"

"你们家是从这儿搬到滨镇的，在滨镇亲戚多……"

马青连说："超假就超假，超了也就扣点儿工资和奖金。好不容易回来一趟，下次什么时间回来还不知道呢，多住些日子吧。"

"不能超假，超假不行。"

马青连说："我三哥说你在船厂工作？"

“嗯。”

马青连说：“什么岗位？”

“电焊。”

马青连说：“电焊工也比咱农民强。”

“农民挺好的。”刘明远说。

马三说：“好，你回来吧。”

“我回来，村里不能要我。”刘明远说。

马三说：“真不能要你。因为地都承包给个人了，没地给你种。”

李秀云问：“电焊工的工资高吧？”

“怎么说呢……”

李秀云问：“一个月能挣多少钱？”

“有多有少，不一定。”

马三接触过一些在工厂里工作的人，对工厂里的工资分配有些了解，便说：“应该是计件工资，干活多，挣钱就多；干活少，挣钱就少。”

刘明远没说自己每月工资多少钱。如果他照实说，担心会引起这些人的嫉妒或引起他们的好奇心。如果他们打破砂锅问到底，话题就多了，耽误时间。如果他不照实说，就得编造理由，说谎话。他不愿意说谎话，也没有说谎话的想法。

二小子、马青连、张会计等人在得知刘明远是船厂的电焊工后，表情发生了微妙变化，劝酒的热情也减弱了。

其实，二小子昨天刚见到刘明远时，刘明远就跟他说是在船厂工作，只是没说是电焊工。他以为刘明远在船厂是当部门领导或是在办公室、后勤及技术等岗位工作呢。刘明远的外貌不像工人，像是干部。二小子知道刘明远是电焊工后，态度发生了微妙变化。

刘明远懂得这些人的心态。这正是他几十年没回滨镇和远山村的主要原因之一。他的目光在岁月与生活中，练就了把人与人之间的感情看得透彻的本领。他看人看事，如同从水面看到了水底。

他们的心态虽然让刘明远有点儿扫兴、伤感，但是利于他快速离开。他再次说回远山县城时，除了马三，没有人说挽留他的话。

马青连向刘明远介绍说，从远山县城来的小客车四点钟在村委会办公室门口停十分钟，然后返回县城。

刘明远看了一眼手机上的时间，说："已经三点了，酒喝好了，饭也吃饱了，我得走了，要不赶不上车了。"

"你酒喝得不多，饭也没怎么吃，路上会饿的。酒不喝就不喝吧，饭得多吃点儿。"马三说。

刘明远说："不吃了。"

"你走就走，我不强留你，但是不能让你坐小客车走，让五弟开车，我把你送到县城。"马三说。

马青连、二小子和李秀云都没想到马三能这么说。二小子没打算送刘明远到县城。马青连更没准备送刘明远。马青连知道刘明远跟二小子是表兄弟，送刘明远的事应该由二小子安排。

李秀云了解马三的为人，知道马三讲情义、重感情，但是她认为马三不应该在二小子没表明态度时做出这种安排。

马三原本没想这么说，在等二小子说，希望二小子把刘明远送到县城。但是刘明远说去县城时，二小子只是象征地说了几句挽留话，没打算送刘明远。不用说刘明远是生活在大城市的人，就是他这个农民也看出来二小子不是真心的。刘明远这么远回来了，应该真心实意招待才行。他认为二小子的做法不对，有失常理，他有点儿生气。既然他挽留刘明远住下不妥当，家里吃住也不方便，但是把刘明远送到县城还是可以的。他对刘明远强调说："你在县城还停留几天不？"

"没有假期了。如果有去松市的车，我马上就走。"

马三说："我把你和孩子送上开往松市的火车。"

"不用送，真不用送。我坐小客车去县城。如果赶不上小客车，我叫出租车来接。"刘明远说。

马三说："明远，跟我就别说外话了。我一定要把你送到县城，送上开往松市的火车。"

"大家都喝酒了，回家好好休息。"刘明远说。

马青连观察着马三的表情，觉得三哥是真心实意地想把刘明远送到县城，知道自己不想送也推脱不掉，便仗义地说："明远哥，我们把你送到县城。你这么远回来一趟，不把你送到县城，我们心里过意不去。我虽然喝酒了，但是张会计没喝酒。张会计开车技术好着呢！我每次和他在一起喝酒，他就成为了我的司机。"

"给你当司机是种荣耀，别人想给你当司机还没机会呢！"张会计喝酒过敏，所以滴酒不沾。他跟马青连感情好得如同兄弟。

二小子看马三、马青连和张会计都说送刘明远到远山县城，自己没有随着他们说，改变了说法："明远哥，多住些天吧。你这么急着走，我妈会不高兴。"

“咱们去她那儿。”

“现在？”

“现在。”刘明远说。

马三说：“我把桌子撤了，跟你一起去。”

“不用。”刘明远说。

马三说：“你非得要走，我不留你。你不用着急，从这五点钟去县城，就能赶上开往松市的火车。”

刘明远在马三把饭桌撤下时，从衣兜里掏出钱包，拿出一千块钱，转身递给坐在炕上的李秀云说：“这是我的一点儿心意，别嫌少。”

“明远，你这是干什么？我不能要你的钱！”马三立刻上前拒绝着，拿起钱往刘明远手里塞。

刘明远说：“不多，一点儿心意。”

“我不要。你这么远回来，我就非常高兴。”

刘明远说：“收下。”

“钱，我不要，心情领了。别看我家穷，但是日子还能过得去。秀云善解人意，我也舒心。这样的生活，我非常知足。”

刘明远说：“我看得出来……但是这钱你得收下。”

“明远，我不能收。你和孩子这么远回来了，又是这么多年过去了，我应该给你和孩子拿盘缠钱，但是我现在没有，就不给你和孩子拿盘缠钱了……怎么可能要你的钱。”马三握着刘明远的手，激动得落下了泪。

刘明远被马三的真情感动了，眼睛也潮湿了，努力控制着情绪，挣脱了马三的手，把钱放在李秀云手里。

李秀云没想到刘明远能给钱，还给这么多。她长这么大除了娘家父母，刘明远是一次性给她和马三钱最多的人。她说："这钱，我不要！"

"收下！不收下我生气了。"刘明远说。

李秀云说："你也不容易。我们的孩子都读大学了，你的孩子却这么小。如果你以前生活得好，顺心，孩子不可能这么小。"

刘明远被李秀云说的话刺痛了。他不是第一次听人对他说这种话。在滨镇陶小军、田少峰及林容芳都对他这么说过，但是他并没在意，感情没有什么变化。但是李秀云说这话，如同揭开了他的伤疤，让他多年前的伤口开始流血。

从前，他有一段日子确实生活得非常艰难，难得他都有些绝望了。他的眼泪往外涌。他领着刘感恩转身快步朝院外走去。

其他人跟着往屋外走。

马三拉开面包车门，先让刘明远和刘感恩上了车。他坐在右侧，刘感恩坐在中间。

张会计问："去哪儿？"

"去我家。"二小子说。

刘明远说："去我姨家。"

"去我妈那儿？"二小子没明白刘明远的意思。

刘明远说："去她那儿。"

二小子在刘明远没给李秀云一千块钱之前，虽然对刘明远有点儿不满意，但是没这么强烈。在刘明远给李秀云钱后，他不满意的情绪如同燃烧着的火。刘明远跟马三只是发小，跟李秀云是第一次见面，出手就给了一千块钱。他跟刘明远是亲戚，他妈是刘明远的亲姨，刘明远什么也没给，从情理方面是说不过去的。

刘明远看出来二小子表情的变化，但是装作没看出来。

面包车开到了任泽宏家的院门外停下。刘明远拉开车门，迅速下了车。不知是酒精的作用，还是心情有些激动，他走得特别快。

刘感恩小跑着跟在父亲身后面。

二小子的母亲不能走远路，很少出院子，每天要么是躺在炕上，要么是坐在院子里晒太阳。时而有几个比她年龄小的老太太或中年妇女来找她聊天。

她正跟两个比她年龄小的老太太说着什么，刘明远他们走进了屋。二小子的母亲对那两个老太太说："我大姐家的儿子，明远。"

"哪里的？"两个老太太相互看了一眼，其中一个问。

二小子的母亲说："以前住在村东头，姓刘的那家。"

"咱们村的，姓刘，住在村东头，我咋没印象呢？"另一个老太太回忆说。

二小子的母亲说："四十多年前就搬走了。当时你们两家搬进村了吗？"

"四十多年前就搬走了……时间太长了，想不起来了。"一个老太太说。

二小子的母亲说："时间是挺长了。"

"我想起来了，是不是他妈走丢了？"一个老太太恍然地说。

另一个老太太说："我婆婆帮他家做过衣服。他家刚搬走那几年，我婆婆有时候还跟我们说起他家的事呢。”

“我也想起来了。”另一个老太太说。

二小子看三个老太太不停地说着刘明远家过去的事，感觉刘明远不太高兴，急忙插话说：“妈，明远哥要走。”

“昨天刚到，今天怎么就走呢，多住些日子呗？”二小子的母亲说。

刘明远说：“出来挺长时间了，假期要到了。”

“不是昨天刚到吗？”二小子的母亲说。

刘明远说：“我是从滨镇过来的。”

“嗯，你爸的兄弟姐妹在滨镇。你们家在滨镇的亲戚多。你在那儿待的天数多。”二小子的母亲知道刘明远的父亲兄弟姐妹几个都生活在滨镇。刘明远家正是奔着那些亲戚搬到滨镇的。

刘明远不愿意听关于他家从前的事，他对这种话非常反感，产生了很大抵触情绪，不想面对这三个老太太。三个老太太让他陷入痛苦的回忆里。他不想回忆起那段生活，也不想再次提起。他想快速离开这间泥土屋，躲避三个老太太的目光和话语。他从衣服兜里掏出一沓一百元的钱，递给二小子的母亲说：“这是一千块钱，是我的一点儿心意。”

“我不要。”

“你收下。”

“明远，不用给我钱。以前我做得不好，你能来看我一眼，我心里就好受多了。”二小子的母亲说着眼泪流了出来。

刘明远不想多说，也不想听二小子的母亲解释，转身朝屋外大步流星走去。

刘感恩依然小跑着跟在父亲身后。

二小子没想到母亲能哭，不知道是什么事让母亲伤感，让母亲流下眼泪，更没想到刘明远会给母亲一千块钱。他迟疑了一下，急忙追出了院子。

刘明远已经领着儿子上了面包车。

马三他们也上了车。

张会计问："去哪儿？"

"我家。"二小子说。

刘感恩感觉父亲不高兴了，但是不知道为什么不高兴。他更不知道父亲为什么给这两家人钱。从他记事起，就感觉父亲是非常节俭的人，在花钱方面特别仔细，怎么能莫名其妙地给这些人钱呢？

严敏彤看二小子满脸通红，以为是酒喝多了，笑着说："喝多了吧！"

"给我拿点儿钱。"

严敏彤说："要钱干什么？"

"我们去县城。"

严敏彤这才发现刘明远的表情很严肃，去拿旅行箱了。她问二小子："去县城干什么？"

"明远哥要走，我去送他。"

严敏彤对刘明远说："这么远，好不容易回来了一次，多住些日子呗？"

"麻烦你了。我得赶今天晚上去松市的火车。"刘明远说着拿着旅行箱往屋外走。

马青连接过刘明远手里的旅行箱。

严敏彤看跟前人多，没多问，拿出几十块钱递给二小子。

二小子虽然觉得钱有点儿少，但是没说什么。他知道多要媳妇也不一定能给，这么多人在跟前，反而没有面子。

马三的手机响了，电话是九村他老丈人打来的。他老丈人语气急促地说他干爹去世了，让他赶紧去九村。马三吃惊地问："什么时候死的？"

"刚发现。"马三老丈人说。

马三的干爹是陈义发，也是他跟李秀云的媒人。陈义发老两口对他和李秀云非常好，把家里仅有的几只羊给了他。那时陈义发和老伴时常带着东西来远山村看他和李秀云。后来陈义发的老伴身体不好了，行走不便，每年马三把陈义发老两口接到远山村住些日子。陈义发的老伴三年前去世时，葬礼的事是由马三跟九村村委会办的。他在陈义发的老伴去世后，想把陈义发接到远山村一起生活，给陈义发养老。陈义发不愿意离开九村。这几年他去九村的次数比从前多了，一是看望老丈人一家，二是看望陈义发。

他前几天去看望陈义发时，陈义发的身体还没大问题呢，怎么突然死了呢？他问："怎么死的？"

"不知道。年龄大了，死是正常的。"马三老丈人说。

马三说："我这就过去。"

"把家里的事安排好。"马三老丈人知道马三晚上不能回远山村，李秀云生活不能自理，有点儿担心地叮嘱说。

马三快步追上刘明远说："明远，我不能送你了。我干爹死了，我得去处理我干爹的后事。"

"我去帮你。"刘明远说。

马三说："他是九村的五保户。九村村委会给安排后事，其他人不用去。我是他干儿子，他在九村没别的亲戚，我必须到现场。"

"你去吧。"刘明远说。

马三转过脸认真地对马青连说："五弟，你一定把明远送上开往松市的火车。明远家搬走时，你还小，不，你还没出生呢。我跟明远几乎天天在一起玩。他是我小时候最好的伙伴。"

"哥，知道了。"马青连被这一连串的事情感动了。他对刘明远产生了敬意，也感觉刘明远经历过的生活非常波折。

马三说："你们走吧，别赶不上去松市的火车。"

"你怎么去九村？"马青连问。

马三说："我回家骑马。"

"你喝酒了，骑马能行吗？"马青连担心地说。

马三说："我看明远没怎么喝，我也没多喝。"

"三儿，你慢点儿骑。"刘明远冲着马三的背影喊。

马三转身挥了一下手，没停步，朝家的方向跑去。

刘感恩小声地问刘明远："爸，干爹是什么？"

"你长大后就知道了。"

刘感恩说："爸，换下位置，我想看夕阳。"

刘明远上车时为了安全，让儿子坐在他跟二小子之间。他检查了一下车门，看车门关牢固了，跟儿子换了位置。

夕阳渐渐隐退，西边的天际呈现出浓浓的霞光。

第十七章

刘明远不想让马青连他们送，想坐小客车去远山县城。他看了一眼手机上的时间，刚好四点钟。按照马青连说的，小客车四点钟在村委会办公室停十分钟，4 :10 分开车，坐小客车来得及。但是马青连不让他坐小客车去远山县城的态度十分坚决，必须把他送到县城，必须把他送上开往松市的火车。虽然他一再说着不让送到远山县城的理由，但是马青连不接受。

马青连说他三哥这么安排的，他就得这么做，要么他三哥会责怪他。

张会计插话对刘明远说 :“明远哥，你从远山村搬走几十年了，好不容易领着孩子回来一次，不把你和孩子送到县城，从情理上是说不过去的。再说，咱自己有车，又不是没车。即使自己没车，咱也不能让你领着孩子坐小客车或打出租车去县城。”

二小子说 :“明远哥，以后你有时间就回来看一看。”

面包车开出了远山村，转弯刚上公路，马三骑着黑色骏马从后面追了上来。两条大狼狗跟在马后面。狼狗如同在跟马赛跑似的。

他上山巡逻或走夜路时，一般是带上两条狼狗，一条狼狗放在家里看家。李秀云不能行走，放一条狼狗在家，屋外有什么动静，狼狗会做出反应。

他朝着面包车挥了挥手喊 :“明远，有时间回来看一看，以后不要几十年过去了才回来，别把我这个童年的伙伴忘了！”

“三儿，慢点儿骑，别骑太快。”刘明远回应说。

刘感恩看着马三骑着骏马奔驰的背影，瞬间心中产生了一种力量，感觉跟电影电视中的风景一样美，不，应该比电影电视中的画面更真实、更美。

马三挥动手中的马鞭使劲抽打了几下马背，抖动着缰绳，马加快了奔跑速度，超过了面包车，从前方的岔路口转到另外一条路上。

那条路通往九村。

刘明远看着夕阳中马三骑骏马远去的背影，对人生有了莫名的感触。他弄不清楚这种感觉是回味、祝愿还是期望。

这里是他童年生活过的地方。

这里有他童年时玩耍的伙伴。

虽然他童年的生活已成为往事，但是在几十年后，再次回到这里，那段生活还是让他伤感。

他对母亲没有一丝记忆。关于母亲的相貌，他是在搬到滨镇后听姑母说的。他的父亲和其他亲友没有说起过。姑母对他说起他的母亲时，他麻木似的没有反应，只是静静听着。姑母看他不说话，后来再没提起有关他母亲的事。

他对母亲太陌生了，陌生得当听见她的名字时，脸上没有一丝表情。在他的记忆中，只有父亲忙碌的身影和艰难的生活。

北大荒的冬季非常寒冷。穿过一冬天的棉衣，过了一年，再穿之前，正常情况都是提前拆洗、重做。穿过一冬的棉衣一是脏，二是保暖性差，不拆洗，既不保暖，也不卫生。

在二十世纪七十年代时，远山村里只有两三家有脚踏缝纫机。

做单衣可以用缝纫机，做棉衣只能是手工一针一线地缝制。当时还没有实行计划生育，每家都有好几个孩子，全家大人和孩子的棉衣都是手工做。每家女主人都跟男人一起参加村里的集体劳动，还操持家务。在冬季来临之前，拆洗棉衣是家庭妇女最劳累的活。

刘明远的父亲不愿意求人帮忙，只有在迫不得已时才去求人帮忙。当然，他的父亲是用在生产队挣到的工分付帮忙人的工钱。

远山村那时是集体劳动，每个劳动力参加村里的集体劳动，每天的劳动报酬按照工分计算。

他的父亲的棉衣连续穿了几个冬季没拆洗，只是在夏天最炎热的日子用阳光暴晒，做简单的除味处理。

每年在冬季到来之前，他的父亲都找村里的大姨、大婶及大娘们把他的棉衣拆洗干净，做成新的。还在春节前，从县城买回布料给他做一套新衣服。几十年过去了，他还记得父亲领他去做新衣服的往事。

也许，正因为他记着那些给他做过衣服的大姨、大婶及大娘们的恩情，才产生了对二小子母亲的不满或是怨恨。

二小子母亲是刘明远的亲姨。

刘明远听姑母说二小子的母亲是从山东农村投奔他的母亲，才到远山村生活的。

20 世纪六七十年代，山东沂蒙山区的生活不如北大荒的生活。北大荒人少地多，吃饭有保障。山东沂蒙农村人多地少，许多人举家搬迁到北大荒生活。

他姨是怎么到的远山村，他不清楚，但是他清楚记得在远山村生活的几年里，他姨几乎没有到过他家，他也没去过他姨家，两家人不怎么交往。

这种两家不来往的情况是因他姨瞧不起他家造成的。

他的这种感受，如同春天种在心灵泥土里的种子，在岁月的雨水和阳光滋养下，慢慢长成了记忆里的树。

这是感恩与怨恨的树。

这条通往县城的路，他非常熟悉。

在那个清晨，他是站在村口，在朝阳中目送姑母离开的。

姑母是在夏季某天黄昏时来到远山村的。当时他领着家里的大黑狗在院子外面玩，大黑狗突然朝不远处走过来的陌生人跑去，狂叫着挡在了那人面前。

那个女人三十七八岁的年龄，个子不高，显得瘦弱。她看见大黑狗，停在那里。大黑狗朝她狂叫。她面带胆怯。

刘明远喊了几声："大黑，回来！大黑，回来！"

大黑狗听见主人叫它，摇晃着尾巴跑回主人身边。

中年女人冲着刘明远喊："孩子，把狗看住。"

刘明远看着中年女人走进院子。他是第一次看见这个中年女人，也是第一次看见陌生人走进自己家的院子，不知道这个陌生中年女人来干什么，心里产生了疑问和恐惧。他跟陌生中年女人保持着一定距离，这个距离可以确保陌生中年女人靠近不了他，他能随时跑远。

中年女人说："长这么大了。"

刘明远感觉中年女人话语中带着关爱和温情。

中年女人问 :“你不认识我了？”

刘明远摇头。

中年女人说 :“我搬往滨镇之前来看过你。当时你刚会走。”

刘明远认为自己算是记事比较早的，但是不记得中年女人来看他的事。那时他还不会走路，年龄真是太小了，肯定是没有记忆的。

中年女人问 :“你爸呢？”

“到村里干活了。”

中年妇女说 :“你身上的衣服破成了这样，这么脏了，怎么还穿着呢？”

“我爸没时间。”

“脱下来，我给你洗一洗。”

刘明远在迟疑时，中年女人已经打开装衣服的箱子，翻找着衣服。她找出了几件刘明远穿的衣服。虽然衣服洗过了，是干净的，但是每条裤子上都有破洞。她找了一条破洞小的裤子让刘明远换上。

中年女人找出针线、剪刀，坐在屋门口的小板凳上，在夕阳下，仔细缝补着刘明远和他父亲的破旧衣服。

夕阳披在中年女人身上显得那么温情。

刘明远蹲在旁边看着中年女人缝补衣服的姿势，感觉这是最幸福的时刻。

这位中年女人的出现，给刘明远的童年涂上了希望的颜色。

刘明远的父亲回来时，他才知道这位中年女人是他的姑母。只是这一面，他就把姑母记在了生命中。

他永远记住了姑母对他们家的恩情。

第十八章

数年以后的某天，天气格外晴朗，太阳西行的脚步悄悄地跨过了天空中界线，在缓缓下行。高傲的太阳在即将抵达一天行程的终点时也是身心疲惫，没了底气，散发的光由强渐弱。

夕阳穿过窗户射进屋里，落在刘明远身上。

午觉睡醒后，他戴着老花镜整理书柜。书柜里大多是爱人和儿子多年来使用的资料。他喜欢读阿・托尔斯泰的《彼得大帝》、埃米尔・路德维希的《拿破仑传》、詹姆斯・鲍德温的《亚伯拉罕・林肯传》、海伦・凯勒的《假如给我三天光明》等名人传记。他觉得能从这种书里找到人生的方向，振作自己的精神。

也正是这种人生观促使他在年轻时离开了北大荒的滨镇，开始了改变人生的长途远行。

他的爱人叫李莹婉，大学本科毕业后又读了在职研究生，退休前是单位技术室主任。她主要看的是技术专业方面的书。

刘感恩的书最多。他保留了多年来不同年级时使用的学习书及一些课外读物。他研究生毕业，要回家了。

刘明远想在儿子回家前，把不用的物品及妻子和儿子以前用过的一些旧书及资料当废品处理掉，腾出些空间。

他为了防止把妻子和儿子还能用得上的资料扔掉，仔细检查着每一张纸上的文字，判断每一本书的用途，确认书和纸有用还是没用。如果他不能确定是没用的，就问李莹婉："这本书，你还看吗？"

李莹婉说："不看了。"

他就放在废品一侧。

李莹婉说："还看。"

他就放在留存一侧。

他在一个旧日记本中看见一篇刘感恩多年前写的作文。这篇题目为《第一次去北方》的作文，引起了他的注意。他还没看内容，就觉得《第一次去北方》这篇作文，跟多年前去滨镇和远山村有关。

他少年时离开了远山村，青年时离开了滨镇，那两次生活环境的变迁，改变的不仅是生活环境，还改变了他的人生和思想观念。

距离那次他领儿子回滨镇和远山村已过去多年，被淡忘在了记忆里。他没想到儿子能把那次去北方的经历写到作文里，证明那次去滨镇和远山村对儿子的思想产生了影响，引起了儿子的思想波动，儿子用文字抒发心情，表达思想变化。这篇《第一次去北方》的作文再次勾起了他的回忆。

李莹婉在旁边看着陷入沉思的刘明远，问："看什么呢，看得这么投入？"

"儿子写的一篇作文。"

李莹婉诧异地说："他写的作文？他已经好几年没在家长住了，每次回来，这个同学找，那个同学约的，怎么能有时间写作文？什么时间写的？"

"像是在读初中或高中时写的。"

"那么多年前写的？写的什么内容？"

"你看一看。"刘明远把日记本递给李莹婉。

李莹婉在单位是按照干部及技术人员年龄退休的。她比刘明远早退休五年。因为她管理资料经验丰富，又是技术室主任，退休后被单位返聘了五年。刘明远六十岁退休时，她拒绝了单位继续返聘的要求，跟刘明远一起离开了工作岗位。

单位在大酒店专门给她和刘明远举办了退休酒会，用来表示对她和刘明远的工作业绩的认可。她把退休后的生活安排得井井有条。

她接过日记本，缓慢地走到卧室，拿起放在床头的老花镜戴上，读着刘感恩写的《第一次去北方》作文：

我读小学三年级时，跟随父亲去了一次北大荒。之前，我对那里一点儿也不了解。原本母亲要和我们一起去，但因为单位临时安排她去广州出差，所以退了预订的飞机票。

我和父亲在松市下了飞机，转乘长途客车去了那座叫滨镇的小城。

那条路很长，大客车在公路上行驶了近一天时间。我第一次感觉坐车那么累，而沿途的风景那么多变与不同。夕阳西下，晚霞把小城染成了粉色，客车满身疲惫地抵达了终点。我和父亲下了车，在夕阳的余晖中寻找住处。

我的父亲在滨镇生活过，在小城有许多亲友，但是他不愿意给亲友增加麻烦。我们在抵达滨镇之前，父亲没有告诉这里的任何人。

父亲提前跟我林容芳姑姑说准备回滨镇，但是没有说具体日期。

我感觉父亲去滨镇的主要目的是看望我的姑奶。父亲平时没怎么说起有关姑奶的事。我对姑奶很陌生。到了滨镇，我才知道姑奶去世多年了。

姑奶的家园是墓地。

那是我第一次去墓地。

我怎么也没想到父亲突然跪在了姑奶的墓碑前，落下了泪水。父亲性格坚强。我很少看见父亲悲伤、郁闷的表情，更别说是落泪了。我被父亲这种突变的表情惊住了。或许，我这一生也无法忘掉父亲跪在姑奶墓碑前哭泣的场景。

在滨镇，我看见了一望无际的稻田，还有滔滔奔流的松花江及江边大片的原始荒原。

那次我们还去了一座叫远山的村庄。

我的父亲在六七岁之前，在远山村生活。我的姨奶及她的后人依然在这座村庄里生活。他们对我和父亲不如滨镇的林容芳姑姑热情。

我父亲对我姨奶的感情也不如对我姑奶深。

远山村有一位叫马三的叔叔，他是我父亲儿时的玩伴。他家的阿姨虽然残疾，但是性格开朗，面容慈善。她的剪纸技艺非常好。她剪出的纸图栩栩如生，形象逼真。马三叔叔家养着一匹黑色骏马和三条大狼狗。我和父亲离开远山村时，马三叔叔在夕阳中骑马远去的背影是那么美，美得像武侠小说中的绿林英雄。

那次我去北大荒见到了之前没见过的大片农田，见到了农田中生长的多种庄稼。我第一次坐了那么长时间的长途客车。我感觉父亲在回到滨镇和远山村时，情感发生了变化，变得复杂，让我不解和困惑。虽然我不懂得当时父亲的心情，不知道他的想法，但是觉得在他的情感里有一条无形的路及奋进的力量。

也许，父亲带我去北大荒，就是希望我能尽早地感受到某种未来的人生道路……

李莹婉没想到儿子对那次去北大荒能有这么深的感触，记忆这么深刻。读过儿子写的《第一次去北方》作文，她陷入回忆中。

她的老家在湖南湘潭，在杭州读的大学。她是国家负责分配工作的最后一批大学生。大学毕业后，她被分配到湘潭某县城政府机关工作。她没有回湘潭老家在政府机关做那份安稳的工作，而是和另外几名同学相约到上海寻求发展。同学中有的从事了外贸工作，有的进入了民营企业。她在中外合资造船厂的技术室谋到了职位。

造船厂里有近千名员工。厂里有技术室、营销中心、生产车间等多个部门。

她刚进厂时，因为年轻，主要负责技术室图纸跟生产车间对接方面的工作。不然，技术室的工程技术人员一般情况是不进生产车间的。

她和刘明远是在食堂用餐时认识的。

那是在一次午饭时间。她在去食堂的路上接到了母亲打的电话，她边走边跟母亲说话。她走到食堂门前时，母亲还没有挂断电话。母亲在电话那边不知道她准备进食堂吃饭，还在说着想说的话题。她多日没跟母亲通电话了，不想打断母亲的话。

母亲关心她的工作、与同事的关系、叮嘱应该处男朋友了。她回答着母亲的问话。食堂里人多，声音嘈杂，她站在食堂外面的树下，直到母亲挂断电话，她才走进食堂。

母亲打了二十多分钟电话，让她错过了用餐高峰。她走进食堂时，已经没有几个人用餐了。

她看见一个男青年单独在对面餐桌旁用餐。食堂的工作人员在打扫卫生。男青年主动把使用过的餐具放进了回收盒里，起身朝食堂外走去。男青年这个微不足道的小小举动吸引了她的目光。

她不经意地朝男青年背影看去。

男青年不知道此时身后有一双美丽的眼睛在看他。

某天中午用餐高峰时，食堂里用餐人多。她坐的餐桌对面位置空着。那个男青年端着餐具走到了她面前，环视了旁边，看没有其他空位置了，便轻声地问她："有人吗？"

"没有。"她边咀嚼着食物边回答。

男青年坐到了她的对面。

因为之前她对这位男青年产生了好感，就主动搭话，边吃饭边聊天。

这个男青年就是刘明远。

当时刘明远在造船厂已经工作很长时间了。他在滨镇机械制造;工作时学过电焊技术,正因为技术好,才顺利被船厂录用。他好像对电焊技术有天赋,别人不能完成的焊接点,他能轻松完成。他精湛的焊接技术很快在单位传开了。他不只是技术好,处事也随和,愿意帮助人。厂领导及同事对他印象非常好。他进厂第二年就当上了生产车间班长。

李莹婉得知刘明远是从北大荒来的,产生了好奇的想象。

她没去过北大荒,对北大荒的了解是通过电影、电视剧及小说。刘明远到上海寻求发展,或许是受到了上海知青的影响。上海和杭州知青有在滨镇下乡的,在滨镇有一定的影响力。他读小学时的语文老师是一位上海女知青,数学老师是一位杭州男知青。听长辈说上海知青女老师回城后跟男知青老师去杭州生活了。当时他年龄小,不知道上海和杭州距离有多远,两座城市有什么关联,只知道上海和杭州比滨镇生活环境好。他回答着李莹婉问的北大荒生活的话题。李莹婉莫名地对刘明远产生了强烈的好感。

那天夜里,她居然失眠了,满脑子全是刘明远和北大荒。她第一次注意到刘明远时,正是母亲给她打电话的那天中午。那天母亲在电话里主要是跟她说她找对象的事。那时正是吃午饭时间,人以食为主,她是不是注定跟刘明远在一起吃饭、生活一辈子呢?她觉得跟刘明远相遇是一种缘分。刘明远就像北大荒那片神秘的土地吸引着她。

当她信心满满地向刘明远表达爱情的心愿时,却被刘明远拒绝了。她在读大学时拒绝过男同学的追求,没想到却被男工人拒绝了,一时间没缓过神，不仅是羞涩，还有点儿蒙的感觉。

刘明远拒绝她的理由是她是大学毕业，而自己没有学历；她是技术人员，而自己是生产车间工人；她是南方人，而自己是北方人……因为这些因素，可能使两人在思想观念和生活方面存在不同看法和习惯，如果在一起生活容易产生矛盾。

刘明远最大的顾虑是父亲跟他在一起生活。他到船厂上班的第二年，租了一套很小的房子，把父亲接来一起生活。父亲没有文化，也没有退休金，没有文化的人跟有文化的人不好交流，没有退休金的人在城市生活的负担是比较重的。

她承认刘明远考虑得正确，但不是绝对的，只是相对的。她也有顾虑，但是经过思前想后的衡量、对比，依然认定刘明远是可以信赖的伴侣。她坚持想跟刘明远在一起共度余生的态度。她为了调节情绪，活跃聊天气氛，调侃地说："人家都说癞蛤蟆想吃天鹅肉，但是我这只天鹅主动送到了癞蛤蟆嘴边，癞蛤蟆还不吃。你说是天鹅的问题，还是癞蛤蟆的问题？"

"癞蛤蟆的问题。"

"问题在哪儿？"

"癞蛤蟆跟癞蛤蟆也不一样。有的癞蛤蟆不适合吃天鹅肉，吃了过敏。"

"天鹅可以拒绝癞蛤蟆，哪有癞蛤蟆拒绝天鹅的？"

"这只癞蛤蟆胆小，被美丽的天鹅吓着了。"

李莹婉没想到刘明远这么幽默，还这么有修养。她在刘明远身上不仅感觉不到跟读过大学的人的区别，还觉得刘明远具有的内在品质，许多读过大学的人并没有。她笑着说：“我不介意，你介意什么？”

“如果你介意，我就不用说了。”

“照你这么说，就不能有跨国婚姻了？”

“跨国婚姻不是都美满。”

“也不全是失败。”

“得考虑美满与失败的概率。”

“照你这么说，父母是农民或残疾人，就不能结婚了。”

“婚姻自古以来就讲究门当户对。”

“文成公主还嫁到西藏了呢，还是不同民族呢？”

“如果我是松赞干布就好了。他是当地最高领导者。”

“你这不是挺有文化嘛，说起来文思泉涌，一套一套的。我上过大学，读了那么多年书，也说不过你。”

“这是生活经验，跟有没有文化关系不大。”

“能知道松赞干布和文成公主的故事，是需要有点儿文化的。”

“没上过大学不等于不看书。有时间还是得看书。”

“看哪方面的？”

“你们那种专业技术书看不懂，我看些为人处世方面的书。”

李莹婉被刘明远负责任的品德感动了。刘明远越是拒绝她，她越是感觉刘明远的魅力大，越想跟刘明远在一起。

当她和刘明远确立恋爱关系的事公开后，除了几位同学支持，反对声一片。反对的理由跟刘明远当时说的基本相似：一是学历差距；二是一个南方人，一个北方人，生活习惯差别大。有一次母亲劝阻她时，她故意说："距离产生美，我特意找个北方的，生个南方和北方的混血孩子。"

"你要对自己的生活负责。"母亲警告她。

"五十六个民族可以组成大中国。一个南方人和一个北方人为什么不能组成家庭？"

这句话很快在亲友中传开了，成为亲友探讨婚姻问题的经典名句。

刘明远没让她失望，后来当上了车间主任，厂里按照高级技术人员、中层管理者的级别给刘明远发工资及待遇。

她对那次没能跟刘明远和儿子一起回滨镇和远山村感到遗憾。她想去北大荒看一看，因为那是她的爱人童年、少年时生活过的地方。

自她看见刘明远的第一眼起，就感觉在刘明远身上有一种隐形能量，她被这种能量吸引着。她认为人的品德和修养跟生活经历有关。

她还处在回忆中。刘明远问她怎么不说话，在想什么呢。她缓了一下神情，恍然地说："儿子那次从北大荒回来，好像忽然长了好几岁，懂事多了。"

"他看见了在城市没看到的景物，经历了没经历过的事。"

"经历什么事了？"

"人的心态。"

"人的心态？"

"不同的生活环境会让人产生不同心态。"

“你什么时间还回北大荒，我也去。”

“不想回去了。”

“为什么？”

“没回去的心情。”

“以前你不是经常想着那里吗？”

“那是以前。”

“现在为什么没有那种心情了？”

“到了日落西山的年龄了，跟朝阳升起及中午时的心情是不同的。”

“俗语说‘叶落归根’，你不想归根吗？”

“哪还有什么根呢……路太远，腰也不好，坐车时间还长……最主要的是长辈们应该全没有了，去看谁呢？”

“不是有个表妹吗？”

“她在年初去广州了。”

“去那干什么？”

“孩子大学毕业后到广州工作了。她退休了，年龄大了，去孩子那儿了。”

“不是还有个叫马三的发小吗？”

“他大名叫马青山。他爱人叫李秀云。李秀云剪纸技艺很好，当时我建议她在网上卖剪纸。你在网上搜一下，看能不能搜到他们。”

李莹婉在日记本中看见一张一匹马的剪纸图，纸褪色了，形状没变。她拿起来说：“是这种剪纸图吗？”

“过去这么多年了，感恩怎么还留着呢？”

李莹婉说:“他一定非常喜欢。”

“这是当时李秀云送给他的。没想到他能保存到现在。”

李莹婉想了一会说:“你在那座叫什么村庄的……不是还有亲戚吗?”

“我不想提他们。”

“那不是你姨家的孩子吗,亲戚关系不算远。”

“虽然亲戚关系不远,但是不一定感情好。”

“你什么时间能收拾完,咱们下楼走一走?”

“如果全清理完,差不多还得一天。感恩不是后天回来吗,慢慢弄,在他回来之前,怎么也能收拾利落。”刘明远站起身,感觉腰有点儿疼,轻轻晃动了几下腰,戴上遮阳帽,和李莹婉出了门。

这处住宅生活区绿化好,每栋楼前后都有绿树和草坪,房屋被绿树和花草包围着。

余晖洒在他们身上,几只鸟儿在不远处的树枝上跳跃着,叽叽喳喳地叫着。李莹婉说:“你爸去世十几年了?”

“十六年。”

“你再去殡仪馆祭奠他时,我也去。”

“找个时间去那片海看一看。”

“安葬他的那片海,你还记得吗?”

“海又不能换地方,当然记得。”

“人生一世,不知不觉中咱们也老了。”

“怎么感慨起来了?”

“不想老呗!”

“那是不可能的。”

“你说鸟儿老了会是什么样？”

“没想过。”

李莹婉的手机响了。她缓慢地从衣服兜里掏出手机，看着屏幕，接听电话。电话是刘感恩打来的。她没想到儿子能有这种想法，惊讶地说：“去那干什么？”

“想看看那的风景。”

李莹婉说：“你回到家再说。”

“你和我爸提前准备好，我回到家咱们就去，要么我的时间来不及。”

李莹婉问：“你哪天回来？”

“不是说过了吗，后天到家。”

刘明远在李莹婉挂断电话后问：“感恩说去北大荒吗？”

“他怎么想去那里呢？”

刘明远说：“现在应该是农忙季节，庄稼还没长起来，去北大荒除了能看见泥土，别的什么景色也看不到。”

“感恩语气挺坚决，好像非得去。”

刘明远望了一眼树枝上那几只叽叽喳喳蹦跳的鸟儿，仿佛思绪在夕阳中穿行，感觉儿子更有主见、思想更成熟了，如同幼小的鸟儿在时光中已经长大，拥有了自己的理想和方向，想展翅到天空中飞翔。

不知是怎么了，他好像看见了那片安葬父亲的海水，想起了把父亲从滨镇接到城市生活的过程及他在远山村第一次看见姑母的场景。

他在远山村时想去滨镇，在滨镇时想离开，想去更远的地方……现在儿子的人生和想法是岁月的重复还是生命的轮回？

他相信儿子已经超越了他，因为儿子的人生和生活起点高于他。

他认为儿子未来的生活，如同明天早晨的光亮，或是明媚，或是阴暗，存在不确定性。儿子能否拥有幸福的生活和成功的事业，应该归属于努力和运气。他是不相信命的，但是他相信运气。他认为人生中运气和努力同等重要，不努力不行，只努力而没有好运气也不行，有好运气却不努力更不行。

人生如同链条，环环相扣。

他从少年到青年，再到中年和老年，在人生路上应该是很努力的，运气也算是不错的。此时他感觉自己如同下落的夕阳，没有了上升的机会和动力，生命之路开始下坡，身体状况也在缓缓下滑。他无法改变下滑的方向，只能努力坚守信念，保持健康的心态，或许还可以减缓下滑的速度。他的人生经历留下的也许只是晚霞般的景色。

他希望儿子能从他的人生中感受到夕阳和晚霞般的美好景象。

（本书发表在 2023 年第 4 期《巴渝人文》、2023 年第 1 期《新安江》、2023 年第 2 期《汕尾文艺》、2023 年第 2 期《甜乡》、2023 年 3 期《漳河文学》杂志。）